행복에의 모든 것

들어가며

　인간의 의식을 고양하고 영혼을 살찌운 수많은 위대한 예술 작품들은 작가의 내적 기쁨과 아름다움을 표현한 것이겠지만 그 속에는 보이지 않는 작가의 고뇌와 눈물이 고스란히 담겨 있는 것이 아닌가 생각된다.

　어느 위인은 이렇게 썼다.

　"글이란 작가의 고통의 산물로 이 세상이 글이 있어야 할 만큼 그대로 완전하지 못하다는 것을 말한다."

　지상의 모든 사람들과 마찬가지로 나 역시 살아오면서 수많은 내적 갈등, 슬픔과 기쁨, 고통과 행복을 느끼며 문학, 위인들의 말씀, 철학 등을 통해 정신의 위안을 삼았고, 종교를 통해 영혼의 행복과 완성에의 깨달음을 추구하였다.

  그러던 중 하나님을 만나게 되었고 그 이후부터 신이 인간에게 준 행복에 이르는 마음의 씨앗들은 무엇인지, 그 씨앗들을 하늘과 맞닿는 나무로 성장시켜 줄 자양분이 무엇인지, 그것들을 통해 인간이 얻게 되는 행복이란 어떤 것인지에 대하여 생각하게 되었고 그것을 글로 정리하게 되었다.

  이 글은 오랜 명상, 경험, 기도의 결과물로서 나를 포함한 우리 모두의 순수의식과 하나님의 감동의 간명한 선물이다.

  내가 이 글을 책으로 펴내는 이유는 우선 내가 이 글의 내용을 가까이 두고 잊지 않고 삶 속에 반영해 나아가기 위함이며 다음으로 이 글을 접하게 되는 모든 분들에게 행복에 이르는 길을 제시하여 행복을 누리게 하는 것이며, 나아가 모든 사람들이 서로 사랑하고 행복해져 모두가 합력하여 선을 이루고 이 땅에 하나님 나라와 그 나라의 의를 이루는 데 도움이 되고자 함이다.

나는 이 책을 쓰기 위해 약 10년 동안 수많은 고전, 자기계발서, 심리학, 정신의학, 영적 서적 등을 읽었고, 하나님은 그러한 것들을 통합하여 이 한 권의 책으로 집필이 가능하도록 완전한 지혜를 베풀어 주셨으며 이 글을 쓸 수 있도록 영감과 힘을 불어넣어 주셨다.

  나는 다양한 종교의 교리들 또한 완전한 진리와 지혜를 갖추고 있다고 생각하지만, 혼란스럽지 않게 나의 목적을 전하고자 주로 성경말씀을 인용하여 설명하게 될 것이다.

  끝으로 이 책을 펴내는데 용기를 주신 하나님께 모든 영광을 올린다.

  '땅에는 평화, 저 지극히 높은 곳에는 영광!'

행복에의 모든 것

들어가며

I 행복에의 마음의 씨앗들

II 행복을 만드는 자양분

III 행복

맺으며

I 행복에의 마음의 씨앗들

인간이 신으로부터 의무 지워진 것이 있다면 그것은 '행복하라'는 명제일 것이다. 하나님은 인간의 마음 속에 믿음, 소망, 사랑의 씨앗을 심어주었고 그를 통해 생육하고 번성하며 사랑하고 행복하도록 만들어 주었다.

인간이 행복해지기 위해서는 기본적으로 믿음, 소망, 사랑이 필요하며 그것들은 유기적으로 존재하기에 인간의 마음 속에 언제나 함께 간직되고 생육하며 번성하여야 한다.

1 믿음

 태초에 하나님이 인간을 창조하였으나 하나님과 같아지고자 하는 인간의 교만은 타락한 천사, 공중 권세를 잡은 자, 사탄에게 현혹되어 죄를 짓게 되고, 그때부터 인간은 죄의 종, 마귀의 종이 되었으며, 세상에 던져진 인간은 하나님을 볼 수 없게 되었고 교제가 완전히 끊어졌다.

 그러나 하나님께서 인간을 너무나 사랑하사 하나님의 아들 독생자 예수를 이 땅에 보내시어 인간으로 하여금 회개하고 거듭나도록 함으로써 인간과 하나님이 다시 서로 교통할 수 있는 기회가 주어지게 되었다.

 어디서 와서 어디로 가는지 모르고 방황하며 지내다 회개하여 하나님의 독생자 예수님(예수의 마음, 그리스도의 의식 - 무조건적 사랑, 무한한 긍휼심, 하나의식)을 영접하면 그때부터 거듭남이 시작되고 하나님과 기도라는 제도를 통해 교제할 수 있는 권세가 주어지게 되었다.

이제는 그리스도 의식이 지상을 뒤덮고 새 하늘 새 땅, 후천 개벽시대가 오고 있고 완성될 날이 머지않았다.

불교 등 자력 종교(**宗敎, 으뜸의 가르침**)는 스스로를 구원하거나 궁극적으로 자신의 죄를 용서받을 곳이 없어 각자가 깨달음이라는 험난한 길을 통해 구원을 받게 되지만, 기독교는 이미 예수님이 인간의 모든 죄를 대속하고 막힌 담을 허무셨기에 인간은 원죄에서 사함을 받았다는 믿음으로 천국으로 가는 종교이다.

다시 말해 원래 인간은 하나님께 범죄하였으므로 천국으로 갈 수 없도록 운명 지어져 있었으나 하나님 독생자 예수께서 하나님과 인간들과의 화목재로 지상에 내려와 인류의 모든 죄를 십자가 보혈로 대속하였기 때문에 예수님을 믿는 것만으로 천국으로 갈 수 있게 된 것이다.

예수님과 같은 희생과 헌신의 마음, 무한대한 무조건적 사랑, 겸손과 섬김의 실천 없이는 누구도 진정하게 하나님을 만날 수 없고 온전한 앎을 얻을 수 없어 천국에 영원히 머무를 수 없다.

'**인간의 모든 죄는 무지(어리석음)에서 비롯**' 되므로 그 어떤 사람도 사실은 죄가 없다. 우리는 보통 어떤 사실을 잘 알면서 죄를 지었다고 오해를 하나, 실제로는 잘 알지 못하기 때문에 그러한 죄를 짓는 것으로서, 어떠한 것을 완전히 안다면 저절로 그와 같은 행동이 뒤따르게 된다는 사실이다. 따라서 성경은 우리에게 "**행하지 않는 믿음은 죽은 것이다.**"라고 말하고 있다.

인간의 참된 소명은 자신의 근원이자 창조자인 '신성'의 본질 즉 하나님의 살아계심과 일하심을 깨닫는 데 있으며 그 하나님의 일하심에 도구로서 쓰임 받고 그 목적을 달성하는 데 있다.

즉, 우리 각 개인이 **'하나님의 뜻을 알고 그 목적을 이루는 것이 성공이며 행복이다.'**라고 할 수 있다. 그러므로 우리가 신을 섬기는 최선의 길은 신이 세상에 표현하려 하는 것들을 우리 자신의 삶을 통해 실현하는 일이다.

나아가 창조된 피조물이 창조주로부터 분리될 수 없고 분리된 것이 스스로 존재하는 완전한 자아를 가질 수 없다는 실상을 깨닫는 것이 바로 깨달음이요 '참나'의 발견이며 거듭남이요 구원의 길인 것이다.

이러한 '신성'이라는 것은 창조자뿐 아니라 피조물인 '참나'의 내면에도 늘 존재하고 있다. 천국이 여기 있다 저기 있다 못할 것이니 천국은 너희 마음 속에 있다는 성경말씀이 그것을 증명한다.

한편 '신성'이라 일컬어지는 하나님의 마음에 가장 가까운 것은 상처 입은 사람들을 돕는 마음이다.

우리가 창조된 자로서의 소명을 실현하는 길은 같은 하늘 아래 사는 힘든 사람들과 가난하고 불쌍한 사람들을 진정으로 이해하고 사랑하며 서로가 서로를 불쌍히 여기고 용서하며, 하나님으로부터 저마다 주어진 십자가를 통해 이 땅에 하나님 나라와 그 나라의 의를 이루는 것이다.

하나님께서는 인류의 모든 것을 태초부터 계획하셨고, 예수님, 보혜사 성령님을 보내사 인류를 지키시고 동행하시며 인도하고 있다.

세상의 수많은 권세와 현자들은 마치 저희가 하나님의 일을 해냈다거나 하고 있다는 잘못된 인식이나 자랑하는 태도를 취하고 있으나, 사실은 일하시는 하나님 성취하시는 하나님이 **단지 우리를 통해 하나님의 일을 하시는 것이고 우리는 도구에 불과하다.**', '모든 것은 하나님께서 하셨고 우리는 아무것도 한 일이 없다.'는 사실을 현명하게 받아들여야 한다.

인간은 생각하는 갈대로서 인간이 생각하면 인간 스스로 일을 해야 하지만, 인간이 기도하면 그것은 일하시고 성취하시는 하나님의 일이 되고 하나님께서 일하시게 되는 것이다. 그 때문에 우리는 모든 것을 하나님께 맡기고 믿고 의지하며 하나님이 우리로 하여금 갖게 하신 각자의 소원을 이루시리라는 확신을 가지고 하나님의 영광을 위하여 최선을 다해 살아가면 되는 것이다.

그래서 우리는 항상 기뻐하고 쉬지 말고 기도하며 범사에 할 수 있는 것이다.

하나님은 인간이 하나님으로부터 떨어져 살도록 창조하지 않으셨고 하나됨으로 살도록 창조하셨다. 인간 각자의 '에고'인 자아가 죽고 성령으로 충만할 때 무한한 축복과 은혜, 소망의 성취, 치유와 기적이 일어난다. 결국 인간은 인본주의, 무신론으로는 결단코 참다운 행복을 찾을 수도 누릴 수도 없다.

인간이 영적으로 정화되고 발전하기 위한 위대한 길의 핵심은 언제나 주께 **'내맡김'**의 믿음을 선택하는 것이다. 인본주의적인 '에고'를 버리고 '신성'에로의 '내맡김'을 선택해 나아가는 것이다. 나와 하나님이 하나 될 때 그것을 공자는 '종심'이라고 하였고, 노자는 '무위자연'이라고 하였으며, 붓다, 증산 등은 '깨달음, 해탈, 열반, 도통, 신인합일' 등으로 표현하였다.

하나님은 살아계시고 인간 각자를 특별한 목적이 있어 창조하였으며 각자에게 주신 소원을 이루신다는 사실과 인간이 범죄하여 영원히 죽을 수밖에 없는 죄인 되었을 때 예수님을 보내사 우리를 사망에서 영생으로 구원해 주었다는 사실을 믿는 것이 믿음이다.

그러한 믿음을 가지고 항상 기뻐하고 쉬지 말고 기도하며 범사에 감사하며 나아갈 때 하나님은 언제나 우리를 지키시고 인도하시며 축복하신다는 사실을 믿어야 한다.

하나님은 말씀을 통해 우리를 창조하셨듯이 말씀으로 우리와 함께하시며 인도하고 있다.

"너희가 내 안에 거하고 내 말이 너희 안에 거하면 무엇이든지 원하는 대로 구하라 그리하면 이루리다.", "무엇이든지 기도하고 구하는 것은 받은 줄로 믿으라 그리하면 너희에게 그대로 되리다.", "이 산더러 들리어 저 바다에 던져지라 하며 그 말하는 것이 이루어질 줄 믿고 마음에 의심하지 아니하면 그대로 되리라."라는 성경말씀과 같이, 이러한 신에 대한 믿음은 모든 분야의 성공에의 기초적 발판이며 근본 요소다. 이는 형이상학적인 세계에서도 그렇고 현실에서도 마찬가지다.

신에 대한 굳건한 믿음과 그를 통한 기적을 믿는 이들에게는 언제나 그 믿음에 걸맞은 기적의 성취가 일어나지만, 믿음이 약하거나 완전히 결여된 사람에게는 그 어떤 기적이나 성취도 기대하기 어렵다.

믿음이 정말 깊어지면 기적이라고밖에 할 수 없는 일들이 실제로 일어난다.

브라이언 트레이시는 이렇게 말했다.

"새로운 희망이 시작되고 있다는 희망을 믿어라.

당신의 꿈이 실현될 것임을 믿어라.

더 밝은 내일에 대한 약속을 믿어라.

당신 자신을 믿는 것으로 시작하라.

당신은 당신 운명의 건축가이고 당신 삶의 주인이며 당신 인생의 운전자이다.

당신이 할 수 있는 것, 가질 수 있는 것, 될 수 있는 것에 한계란 없다."

어느 위인은 이렇게 썼다.

"우리의 소망이나 믿음이 이루어지지 않는 것이라면 애초에 신과 자연은 우리에게 그러한 소망이나 믿음을 갖게 하지도 않았을 것이다."

매사에 결정하고 행동하는 데 있어서 강한 믿음이 그 어떤 장애물이나 두려움 혹은 실패나 실망에도 굽히지 않고 불가능을 가능으로 만들어준다.

저자의 믿음에 대한 사실적 인식은 이것이다. **"인간은 자신이 생각하는 믿음대로의 자기정체성을 만들며 그대로의 인간이 된다. 그 이상도 그 이하도 될 수 없다."** 그리고 모든 인간은 자신이 할 수 있는 것을 성취하는 것이 아니라 할 수 있다고 믿는 것을 성취한다.

그 때문에 사람은 누구나 위대해질 수 있지만 그 모든 것의 기초적 발판인 믿음이 없이는 위대해질 수 없다.

결론적으로 믿음은 과거, 현재 그리고 미래에 있을 모든 것의 근본이며, 바라는 것들의 실상이자 보이지 않는 것들의 증거다.

아버지의 마음

시인 김현승

바쁜 사람들도
굳센 사람들도
바람과 같던 사람들도
집에 돌아오면 아버지가 된다.

어린 것들을 위하여
난로에 불을 피우고
그네에 작은 못을 박는 아버지가 된다.

저녁 바람에 문을 닫고
낙엽을 줍는 아버지가 된다.

세상이 시끄러우면

줄에 앉은 참새의 마음으로
아버지는 어린 것들의 앞날을 생각한다.
어린 것들은 아버지의 나라다 아버지의 동포다.

아버지의 눈에는 눈물이 보이지 않으나
아버지가 마시는 술에는 항상
보이지 않는 눈물이 절반이다.
아버지는 가장 외로운 사람이다.
아버지는 비록 영웅이 될 수도 있지만......

폭탄을 만드는 사람도
감옥을 지키던 사람도
술가게의 문을 닫는 사람도

집에 돌아오면 아버지가 된다.
아버지의 때는 항상 씻김을 받는다.
어린 것들이 간직한 그 깨끗한 피로......

2 소망

　지혜로운 사람은 누군가를 대할 때 그의 현재의 모습이나 환경, 지식 등을 알려고 하기보다 그의 생각, 꿈과 소망, 믿음에 대하여 듣고 싶어 한다. 그 사람의 현재와 미래를 알고 싶다면 그의 가치관, 지배적인 생각, 지향하고자 하는 꿈과 소망, 믿음을 들어보면 되기 때문이다.

　성경에 따르면 "너희 안에서 행하시는 이는 하나님이시니 자기의 기쁘신 뜻을 위하여 너희로 소원을 두고 행하게 하시나니"라고 되어 있다. 다시 말해 하나님은 그의 뜻을 이루시고자 우리를 자신의 형상대로 창조하시고 각자에게 저마다의 소원을 갖게 하사 일하시고 성취하시는 분이라는 말이다.

　다만 하나님은 인간 각자에게 나누어 주신 믿음의

분량대로 각자의 그릇에 맞는 각기 다른 소망을 가지게 하셨으며, 개개인이 각자의 그릇을 깨끗이 하여 모두가 하나님의 뜻을 위하여 귀히 쓰임 받기를 원하고 있다.

괴테는 "꿈을 계속 간직하고 있으면 반드시 실현할 기회가 온다.", "소망이란 건 자기 안에 있는 능력의 예감에 다름 아니다."고 말하였으며, 체 게바라는 "모든 것은 꿈에서 시작된다. 오랫동안 꿈을 그리는 사람은 마침내 그 꿈을 닮아간다."고 하였다.

앞서 언급한 바와 같이, 만일 우리의 꿈과 소망이 이루어지지 않는 것일 수도 있다면 애초부터 신과 자연은 인간에게 그러한 꿈을 꾸게도 하지 않았을 것이다. 실로 소망이란 하나님께서 인간 각자에게 갖게 하신 것이므로 항상 그것을 이룰 수 있는 능력과 함께 주어지는 것이기 때문이다.

오랫동안 포기하지 않고 끊임없이 꿈을 그리는 사람은 언젠가 그 꿈과 닮아가게 마련이며, 결국 그 소망의 절실함이 각자의 삶에 있어 0순위가 될 때 그것은 실체로 드러나며 성취된다는 것이 저자가 알고 있는 꿈과 소망의 비밀이다.

　세상은 실로 내가 보는 대로 꿈꾸는 대로 믿는 대로 존재하고 있고, 앞으로도 존재할 것이다. 그리고 사람의 생각이나 열망을 현실로 바꾸는 힘의 원천이 신에게 있는 것과 같이 우리보다 신은 우리의 꿈과 소망을 달성할 수 있는 계획이나 방법에 대해 더 많이 알고 있으므로, 우리가 애써 구체적인 방법 등을 인위적으로 마련할 필요가 없다. 우리는 신이 우리들의 소망을 이루실 것이라는 굳건하고 변함없는 믿음만을 가지고 하루하루 하나님의 말씀대로 살아갈 때 어느덧 그 꿈과 소망의 방법들과 성취가 드러나고 일어남을 알게 된다.

　'일체유심조'와 같이 마음 속에 있는 비물질인 희망적인 꿈과 소망은 반드시 그 그림자인 꿈과 소망의 성취라는 결과물로 저절로 드러날 것이다. 마음이 진실이라고 믿는 것은 그것이 무엇이 되었건 진실이 되기 때문이다.

모든 사람은 살아갈수록 젊을 때 자신이 지속적으로 가져왔던 생각이나 꿈과 소망, 믿음의 모습대로 자신의 인생이 완성되어져 간다는 것을 깨닫게 된다.

반면, 꿈과 소망을 갖지 못한 사람은 스스로 그것을 발견할 때까지는 꿈과 소망과 목표를 가진 사람들의 디딤돌이 되거나 그들을 위하여 일하도록 운명 지워져 있다.

각자가 꿈과 소망을 가슴속 깊이 품게 되면, 그 꿈과 소망을 따라 내가 일하는 것이 아니라 우리 안에서 일하시는 하나님이 나를 실현으로 이끌어 가게 된다.

에너지는 생각을 따라가며 마음 속에 품은 것은 그대로 실현되며, 반복된 사고는 기적을 이룬다.

그것이 무엇이 되었든 **'사람은 생각대로, 믿음대로 된다.'**는 것이 불변의 진리이기 때문이다.

소망이란 자신이 진정 하고 싶어 하는 일, 별로 힘을

들이지 않아도 잘되는 일을 찾는 것으로서, 처음에는 단순한 바람에 가까운 것이지만 계속 떠올려 마음에 각인시키고 몇 번씩 그 작업을 반복함으로써 그 생각을 장악하다 보면 언젠가부터는 그 생각을 쫓아 다니지 않아도 저절로 그것이 나를 따라오게 하는 단계에 이르게 된다.

이처럼 소망을 이루는 가장 쉬운 방법은 자신이 원하는 바가 **'절대적인 사실이라고 믿는 것'**이며, **'소망이 이미 성취되었다고 생생히 느끼는 것'**이다. 다시 말해 자신이 바라는 상태를 늘 품고 있으며 그것을 기정사실로 확신하고 성취했을 때의 기쁨을 앞당겨 지금 느끼는 것이다.

꿈과 소망의 성취라는 가정이 현실이 될 때까지 걸리는 시간은 그것이 현실이라고 생각할 때의 자연스럽고 강렬한 느낌에 비례한다고 하겠다.

소망에 완전한 믿음과 온전한 사랑이 녹아있다면 그 소망은 반드시 '동시성적 사건'들을 통해 완전한 기적을 만들어 낸다.

　이것은 실제 외국에서 있었던 이야기다. 결혼을 앞둔 여인이 실연을 당하게 되었는데, 그 여인은 약혼자가 1년 후 돌아올 것이고 돌아오는 날 결혼을 하자는 약속을 사랑과 소망 그리고 완전한 믿음에서 더 나아간 '앎'의 단계로 진입시켰고, 그 여인은 현재 60대 중반이나 20대 말의 말씨와 용모를 지니고 있어 그 여인이 머물고 있는 요양병원은 세계적인 관광지가 되고 있다.

　이러한 '잠재의식', '무의식', '뇌간'에 뿌리박힌 소망은 우리의 소망이 **실제로 지금 이루어졌다고 느낄 때** 외부 세계에서 실체로 나타나며, 그것은 정신적 영역뿐만 아니라 육체적 영역에서도 기적을 이룬다.

　우리는 "소년이여 주안에서 야망을 품어라."는 명언과 같이 거룩하고 위대한 저마다의 꿈과 소망을 각자의 마음 속에 품고 그 꿈을 아름답고 정결하게 키워나가야 한다. 그러나 대부분의 사람들은 생각하는 것이

싫어서 노동을 하고 말며, 소망을 품는 것이 힘들어 스스로가 만들어 낸 울타리 안에 스스로를 가둔 채 조용한 자포자기의 삶을 살아간다.

자신이 진심으로 하고자 하는 일, 나를 향해 신이 주신 소망을 구하면 얻을 것이요 찾으면 찾을 것이요 두드리면 열릴 것이다.

천재가 거대한 인내이듯 세상의 그 어떤 것도 노력 없이 얻어지는 것은 없기에 자신의 비전인 꿈과 소망을 찾고 이루는 것도 우리 주위의 모든 천재가 자신에 대한 내맡김 또는 신에 대한 쉼 없는 기도와 감사, 행동이라는 거대한 인내와 노력으로 이룬 것 처럼 우리도 그리하여 찾고 이룰 수 있다.

사람은 무엇이든 각자가 꾼 꿈 이상의 것을 얻게 될 가능성은 없으며, 노력하지 않고 얻어지는 '우연히'라는 것은 존재하지도 않는다.

꿈과 소망은 나와 내 가족만을 위한 욕심이 아닌 이웃, 국가와 민족, 나아가 인류와 하나님을 위한 원대한 포부여야만 한다. 그러한 소망만이 하나님과 우주의 뜻에 부합되는 응답받는 기도의 제목이 될 수 있다.

소망은 **'경쟁이 아닌 창의'**로서 하나님과 자연의 법칙에 순응하는 것이며 나뿐만 아니라 전체가 잘되는 것이기에 원함이자만 한편으로는 동양철학에서의 '비움', 불교의 '내려놓음'이라고 할 수 있다.

우리는 먼저 하나님 나라와 그 나라의 의가 이 땅에 이루어질 수 있도록 하는 소망을 찾아야 하며, 그러한 소망을 가지고 두려움을 물리치고 담대함으로 행동해 나아갈 때 그 소망을 이루기 위한 모든 것이 저절로 주어지게 되며, 결국 소망은 외부의 모습으로 실체를 드러낸다.

「삶의 의미를 찾아서」라는 책을 써 인간의 존재 분석과 심리학적 치료에 공헌한 빅터 플랭클은 "삶의 목적을 가진 사람들은 언제나 그 목적을 실현할 방법을 찾을 것이다."라고 말하였다.

고결한 삶의 의미와 목적을 지닌 사람은 뚜렷한 소

망을 품게 되며 그 소망을 이루기 위한 가능성의 씨앗을 뿌리며 실현이라는 열매를 맺는다.

마치 방향을 잃고 항해하다 표류하고 마는 배가 되지 않기 위하여 우리는 무엇보다 먼저 뚜렷한 소망과 목적의식을 가져야 한다.

인류 역사의 전 시대와 모든 분야에 걸쳐 위대한 지도자들로 분류된 사람들은 모두가 거룩하고 원대함을 향한 뚜렷한 소망과 목적의식이 뒷받침된 능력의 발휘를 통해 리더십을 달성한 사람들이다.

명확한 소망과 목적의식은 믿음이라는 절대적 신념이 뒷받침될 경우 지혜라는 형태를 띠게 되고 이 지혜에 사랑이 더해져 행동으로 옮겨질 때 생산적 성과를 드러낸다.

실제로 우리 인류의 거의 98% 정도의 사람들이 자신만의 명확한 꿈과 목적의식을 지니지 못한 채 삶을 살아가고 있다는 것은 실로 안타까운 일이 아닐 수 없다.

뜻이 있는 곳에 길이 있고 뜻이 있어야 길을 볼 수 있는 것이다. 목표라는 항구를 모르는 배에게 순풍은 불어오지 않는 이치와도 같다.

'품성이 곧 운명'이라는 말이 있다.

부단한 인격수양을 통해 마음 속에 지배적으로 품는 한 사람의 위대한 생각이 그만의 소망을 만들어 내고 뚜렷하고 간절한 소망은 믿음, 사랑과 결합되어 운명적인 환경과 조건을 만들어내며 결국 그 사람의 운명을 창조해 낸다.

또한 뒤에 언급하겠지만, '품'은 한자로 口가 3개 모여 만들어진 것으로 어떤 생각, 거룩한 소망을 갖기 위해서는 항상 그러한 생각이나 소망의 말을 계속해야 하며 거기에 부합하는 긍정적인 말을 해야 한다는 것이다. 그래서 성경에도 "혀를 쓰기 좋아하는 자는 혀의 열매를 먹으리라."고 했다. 다시 말해 품성은 끊임없는 인격수양과 함께 인간이 매일 매순간 스스로에게 하는 말, 상대방에게 하는 말 등에 의해 형성

되고, 결국 그 말한 것에 정성을 들이면 성공이 이루어지고 운명이 결정되고 완성된다는 것을 유념해야만 한다.

사랑과 온전한 믿음을 갖춘 간절한 소망은 무적이 되며, 무엇이든 끌어올 수 있으며 무엇이든 이룰 수 있다.

론다 번의「더 시크릿」에서 무형의 생각이 유형의 물질을 만들어 내는 끌어당김의 힘이라고 한 것은 바로 이를 두고 한 말일 것이다.

사랑이 충만한 꿈과 목표를 정한 후 무슨 일이 있어도 그것을 이루겠다는 마음, 목숨까지 내놓을 만큼의 간절한 마음으로 바라고 믿고 소망하면 '지성이면 감천이다.'는 말과 같이, 실로 하나님과 우리를 둘러싼 우주는 그것을 얻게 되는 환경과 조건, 방법을 드러나게 해주고 결국 그것을 이루게 만들어 준다.

성공의 가장 큰 적은 의심과 두려움이다.

앞서 믿음 부분에서 언급한 것 외에 성경말씀은 "오

직 믿음으로 구하고 조금도 의심하지 말라."고 가르치고 있다. **'의심과 두려움은 하나님에 대한 믿음의 부족'**에서 오고 그것은 **'기도와 말씀'**으로 극복할 수 있으며, 두려움을 극복하는 유일한 방법은 오직 강하고 담대하게 **'행동하는 것'** 뿐이다.

우리가 소망을 두되 이루지 못하는 것은 신의 뜻에 부합하지 않는 것을 소망하는 것, 말하자면 내가 진정 무엇을 원하고 무엇을 해야 하는지에 대한 참된 내면의 소리를 듣지 못하고 정욕에 이끌려 구하기 때문이며 그로 인해 생겨나는 성취에 대한 의심과 두려움 때문이다.

꿈과 소망을 밀고 나가는 힘은 이성이나 논리가 아니라 **'강렬한 희망과 믿음'**이며, 따라서 신께 무언가를 요청한다는 것은 "~가 될 수 있도록 해주세요"가 아니라 "나는 ~가 되겠습니다!", "반드시 ~를 하겠습니다!"라는 나의 **'결연한 마음과 뜻을 전하는 것'**이고, **'그것을 지원해 주고 이루어 달라고 간청하는 것'**이다.

"내 사전에 불가능이란 없다."라는 명언을 남긴 나폴레옹처럼 사실은 모든 사람의 사전에도 애초부터 불가능이란 존재하지 않는다. 불가능은 사실이 아니라 포기한 자의 개인적 의견일 뿐이다.

하나님은 각자에게 가능한 것만 꿈꾸고 소망하게 만들어 두었으며 불가능이라는 단어는 오직 위와 같은 의심과 두려움이 만들어낸 허상일 뿐이다.

"의심하는 자는 마치 바람에 밀려 요동하는 바다 물결 같으니 이런 사람은 무엇이든지 주께 얻기를 생각하지 말라. 두 마음을 품어 모든 일에 정함이 없는 자로다."라는 성경말씀과 같이, 의심을 버리고 간구와 감사함으로 확신을 가지고 하나님께 기도해 나아가면 지각이 뛰어나신 하나님이 우리의 생각과 마음을 지킬 뿐만 아니라 우리의 소망을 이루신다.

"내게 능력 주시는 자 안에서 내가 모든 것을 할 수 있느니라.", "네 믿음대로 될지어다."라는 말씀을 삶 속에서 잊지 말아야 한다.

우리는 자신뿐 아니라 다른 사람의 꿈과 소망도 존중해 주고 북돋우어 주는 삶을 살아가야 한다.

사람은 타인의 영향을 받으며 타인으로부터 듣는 바 대로 되어가는 습성이 있기 때문이다.

미국 포드자동차의 창업자로 '미국 역사상 최고의 CEO'라는 영예를 얻은 헨리 포드는 "사랑하는 사람에게 믿음을 주어라. 그 믿음이 그 사람의 인생을 위대하게 만들 것이다."라는 말을 남겼다.

누구나 보이는 모습대로 그 사람을 대하면 그의 미래는 지금과 다를 바가 없을 테지만 가능한 것이 되게끔 믿음으로 대하면 그도 그렇게 바뀌게 되어 있다. 다른 사람을 신뢰하면 그들도 신뢰할 것이요 그들을 위대한 사람처럼 대하면 그들의 위대함을 보여줄 것이다.

그래서 우리는 상대방에게 부정적인 말, 비판의 말을 하지 말고, 긍정적인 말, 믿음의 말, 칭찬의 말, 인정의 말, 격려의 말, 감사의 말을 해야 한다.

남을 믿어주며 잘 격려해주고 성격이 따뜻한 사람과 함께 있으면 자신감이 생기는 걸 느낄 수 있다. 그만큼 믿음과 인정의 말, 칭찬과 격려의 말은 위대한 것이다. 그것은 상대방으로 하여금 자신감을 갖게 하고 능력 이상의 것을 발휘할 수 있도록 도와준다.

인간이 하찮은 일만 하고자 소망한다면 항상 그에 걸맞은 힘밖에 주어지지 않지만, 위대한 업적을 훌륭하게 해결하고자 소망한다면 그에 필요한 모든 힘이 주어지게 된다.

모든 사람이 사랑으로 가득한 원대한 소망을 굳건한 믿음 속에 간직해 나간다면, 「장자」 제물론의 호접지몽에서 보듯 **'꿈과 같은 인생'**에서 그 모든 것은 하나님의 때에 위대한 작품으로 이루어지고 완성될 것이다.

청춘

행 시인 사무엘 울만

청춘이란 인생의 어느 한 시기가 아니라

마음가짐을 뜻하나니

장밋빛 볼, 붉은 입술, 부드러운 무릎이 아니라

풍부한 상상력과 왕성한 감수성과 의지력

그리고 인생의 깊은 샘에서 솟아나는 신선함을 뜻하

나니

청춘이란 두려움을 물리치는 용기,

안이함을 뿌리치는 모험심,

그 탁월한 정신력을 뜻하나니

때로는 스무 살 청년보다 예순 살 노인이 더 청춘일

수 있네.

누구나 세월만으로 늙어가지 않고

이상을 잃어버릴 때 비로소 늙어가나니

세월은 피부의 주름을 만드나
열정을 가진 마음을 시들게 하지는 못하네.

근심과 두려움, 자신감을 잃는 것이
우리의 기백을 죽이고 마음을 시들게 하네.
그대가 젊어 있는 한
예순이건 열여섯이건 가슴 속에는
경이로움을 향한 동경과 아이처럼 왕성한 탐구심과
인생에서 기쁨을 얻고자 하는 열망이 있는 법.

그대와 나의 가슴 속에는 이심전심의 안테나가 있어
사람들과 신으로부터 아름다움과 희망,
기쁨, 용기와 힘의 영감을 받는 한
언제까지나 청춘일 수 있네.

영감이 끊어지고

정신이 냉소의 눈[雪]에 덮일 때

비탄의 얼음[氷]에 갇힐 때

그대는 스무 살이라 하더라도 늙은이가 되네.

그러나 머리를 높이 들고 희망의 물결을 붙잡는 한,

그대는 여든 살이어도 늘 푸른 청춘이라네.

3 사랑

사랑이란 말은 언제나 우리의 마음을 설레게 하고 따뜻하게 하며 웃음 짓게 한다. 그것은 사랑이 지닌 비세속적이고 영속적인 순결함 때문일 것이다.

실로 사랑은 슬픔을 기쁨으로 바꿔주는 기적의 선물이며, 우리 인간 생존에 있어서 가장 중요한 것으로서 다른 모든 일은 단지 그것을 위한 준비 작업에 지나지 않는 것으로 보아도 과언이 아닐 것이다.

인간이 인간을 사랑한다는 것은 개개인에게 있어서 성숙하는 것 뿐만 아니라 다른 사람을 위해 무엇이 되어 주고자 하는 숭고한 동기이자 공감 능력이다.

정신분석학에서 사랑은 타인을 불쌍히 여기는 마음에서 비롯되는 자기희생으로 이 세상에 고통이 있기에 움트며 남의 고통을 이해하고 공감하는 데서 비롯된다고 한다.

어느 날 어니스트 헤밍웨이가 시인 6명과 함께 식사한 후 6개 단어로 가장 사랑의 감동을 주는 좋은 문장을 만든 이에게 각 10센트씩을 몰아주기로 하였고, 시인들은 저마다 문구를 생각하면서 제일 못할 것으로 여긴 헤밍웨이에게 문장을 짓게 하였다.

이제 막 문학계에 입문한 청년 헤밍웨이는 이렇게 썼다. "한번도 신어보지 않았던 아기 신발을 생활비를 위하여 팔았다." 그 순간 모두는 숙연해졌고 상의라도 한 듯 자신들이 지을 문장을 접고 10센트씩을 헤밍웨이가 앉은 탁자 위에 살포시 올려놓고 벅찬 감동으로 문밖을 나갔다.

실제 위와 같은 일을 직접 경험해 보지도 못했을 젊은 날의 헤밍웨이가 어떻게 위와 같은 입장에 처한 사람들에 대한 공감 능력을 지닐 수 있었겠는지 참으로 대단하다고밖에 표현하기 어렵고, 이러한 능력은 나중에 그로 하여금 노벨 문학상까지 받게 한 원동력이 되지 않았나 생각된다.

이처럼 기독교의 사랑(아가페), 유교의 어진 마음 (仁, 恕), 불교의 보살심(慈悲) 모두 상대방에 대한 연민 어린 공감의 태도와 자비심, 무조건적 사랑만으로 인간의 영혼이 충만할 때 깨달음과 구원을 얻는다는 진리를 보여준다.

하나님의 무한한 사랑, 그를 이루기 위한 예수님의 희생과 헌신! 오직 그것만으로 가득할 때 인간은 완성 되고 하나님의 영과 동행할 수 있게 된다.

인간의 마음이란 상처받은 신성이다.

태초 인간이 사탄의 유혹에 빠져 하나님께 범죄함 으로써 형성된 죄책감, 어릴 때의 상처 등의 영향으로 하나님의 신성과는 다른 부정적 마음이 인간에게 형 성되게 되었다.

그렇게 형성된 자아라는 것은 너무나도 완고하고 강 한 것이어서 상위레벨의 신성 내지 영성의 힘에 의하 지 않고서는 순수하고 완전한 것으로 치유되지 않는다.

그래서 인간은 인본주의로는 스스로를 구원하지 못하며 종교의 힘이 필요하게 되었던 것이다.

인간이 추구해야 할 삶 역시 자신의 상처 입은 자아에 4차원의 영성인 신성을 회복하여 성령의 인도하심에 따라 사랑을 실천하고 이 땅에 하나님 나라와 그 나라의 의를 이루는 것이라고 할 수 있다.

또한 인간은 누구나 개성 있고 절대적인 가치를 가지고 유일하게 창조된 존재로서, 진정으로 다른 사람을 사랑한다는 것은 우선 자기 자신을 사랑할 수 있는 기반 위에서만 가능한 일이다.

헤겔은 "사랑은 그의 행동이나 특징을 이루는 소멸하기 쉬운 속성과는 일체 관계없이 사랑을 바치는 상대방의 존재 자체에 긍정적인 가치를 부여하는 것이다."라고 말하였다.

다시 말해 사랑이란 상대방의 **'실존적 인격을 지지'**하는 마음이다.

상대방에 대한 진정한 이해, 인정, 믿음, 격려, 칭찬, 감사의 마음은 상대방으로 하여금 자신을 사랑하게 만들고 충만한 사랑의 마음은 밖으로 흘러나와 비로소 타인을 사랑할 수 있게 만든다.

인간은 자신에게 없는 것을 다른 사람에게 줄 수 없는 존재이다. 누구든 자신을 먼저 사랑할 수 있게 되어야 다른 사람을 사랑할 수 있게 되는 것이다.

성경에도 "네 이웃을 네 몸과 같이 사랑하라."고 하였다. 이것이 영속적 사랑의 기술이다.

그 기술은 인간의 속성상 다른 사람의 부정적인 면을 발견하는 건 쉽지만 긍정적인 면을 발견하기는 어려운 법이어서 우리는 상대방의 단점보다는 장점을 바라볼 수 있어야 한다는 사실을 포함한다.

나아가 칭찬은 자기를 낮아지게 하는 것이 아니라 자기를 상대와 같은 위치에 놓이게 만들며, 상대로 하여금 자신감과 두려움 없는 용기를 얻도록 해준다.

제너럴 일렉트릭 사의 회장이었던 잭 웰치는 그의 경

영 기술의 많은 것들을 자기 어머니에게서 배웠다고 술회했다. 특히 경영에서의 어려운 문제를 풀어나가는 데 절대적으로 필요했던 자신감은 그의 어머니로부터 물려받은 것이라고 강조했다. 웰치는 어렸을 때 말을 더듬는 습관이 있었는데 잘 고쳐지지 않았다. 때문에 가끔씩 말을 더듬어서 낭패를 당하거나 웃음거리가 되기도 했다. 그때마다 어머니는 그가 말을 더듬는 이유를 이렇게 설명해주곤 하였다고 한다.

"그건 네가 똑똑하기 때문이야. 어떤 혀도 네 똑똑한 머리를 따라갈 수는 없을 거야. 그러니 말을 더듬는 것에는 신경을 쓰지 마!"

어머니가 그에게 심어준 자신감은 그가 경영자로 성공하는 데 큰 힘이 되었다.

살아가는 중에 다른 사람의 마음을 얻는 사람은 다른 사람의 소중함을 알고 인정해주고 격려해주는 사람일 것이다. 누구든지 자신의 소중함을 알아주는 사람에게 마음을 열지 않는 사람은 없기 때문이다.

사랑은 모든 것을 하나로, 하나를 모든 것으로 볼 수 있게 하는 종합적이고 합리적인 시각이다.

이득을 기대하지 않고 타인을 순수하게 사랑하게 될 때 우리는 사랑 안에 거하고 있음을 알 수 있고, 그러할 때 모든 생명은 그 대가로 우리를 지지해 준다. 우리가 무조건적인 사랑을 지향해 나아갈 때 상대방에 대한 긍정적인 면, 아름다움, 만남의 축복 등이 조화롭게 일어난다.

하나님은 우리에게 '배려와 배려', '관심과 관심', 'give and take' 적인 사랑을 넘어선 진정한 사랑을 하라고 명령했다.

하나님이 우리를 위하여 독생자를 보내사 우리를 영원한 죽음에서 영생으로 구원해 주신 그 무한하고 헌신적인 무조건적 사랑을 하라고 말씀하셨다.

"사랑하는 자들아 하나님이 이같이 우리를 사랑하셨은즉 우리도 서로 사랑하는 것이 마땅하도다."

진정한 사랑이란 나 자신을 사랑하듯 상대방도 사

랑하는 것이지만 나 자신을 희생하고 헌신하여 상대
방을 위하여 무엇이 되어주고 무엇을 해 줄 수 있는
그 이상의 것이다.

무조건적인 사랑, 모든 이를 불쌍히 여기는 마음, 조
건 없이 베푸는 친절, 배려와 희생, 헌신적인 마음과
태도, 무한한 겸손 등을 고양해 나아가는 길만이 인
간의 의식 수준을 드높이고 하나님께 나아갈 수 있는
참다운 사랑의 길이 된다.

결코 되돌려 받을 수 없으리라고 생각되는 사람에게
주지 못한 사람은 한 번도 사랑해보지 못한 사람이다.

사랑은 주고도 준 것을 모를 때 잃고도 잃은 것을 모
를 때 아파도 아픈 것을 모를 때 비로소 누리게 되는
축복이자 고요한 기쁨이며, 평화와 하나의식이고 우
주심 자체다.

우리는 모두 연약한 존재로 어쩌면 모든 사람은 저
마다 십자가를 지고 지구라는 학교에서 힘겨운 싸움
을 하고 있는지 모른다. 때문에 우리는 모든 사람들에

게 친절해야만 한다. 친절은 대가를 바라지 않고 상대에게 베푸는 예의의 하나로서 자신을 낮추고 겸손해져야 가능한 성품이다. 누구에게나 친절하고 따뜻한 마음을 나누어 줄 수 있는 사람은 진정 행복한 사람이 될 것이다.

그리고 사랑은 주는 것이며, 사랑은 베풀었던 그 이상으로 돌아오는 것이다. 성경은 이렇게 씌어있다. "주라 그리하면 너희에게 줄 것이니 곧 후히 되어 누르고 흔들어 넘치도록 하여 너희에게 안겨 주리라 너희의 헤아리는 그 헤아림으로 너희도 헤아림을 도로 받을 것이니라.", "네 떡을 물 위에 던져라 여러 날 후에 도로 찾으리라."

심리학자들에 의하면 사람은 자신이 누군가로부터 이해받고 있다는 감정을 느낄 때 가장 큰 행복감을 느낀다고 하고, 저자의 생각에는 그가 중요한 사람으로 여겨질 때 가장 큰 만족감을 느끼는 것으로 생각된다.

아무도 자기가 최소한 어떤 누군가로부터 이해되고

있다고 느끼거나 중요한 사람으로 여겨지지 않고서는 이 세상에서의 완전한 삶을 발견할 수도 없고 자유롭게 발전시킬 수 없다.

타인에 대한 이해력은 타인을 있는 그대로의 실존적 존재로 그의 개성과 특성을 존중할 수 있는 능력을 의미하며, 동시에 인간관계의 보편적 갈등의 원인 및 그것을 제거하는 방법을 깨닫는 능력이다.

자기가 정말로 자신을 성실하게 존중할 때에 개성이라는 것이 생겨나고 각자는 그 개성을 통해서 사회에 공헌한다. 그러므로 각자가 개성을 키운다는 것은 한 인간으로서의 의무라고 할 수 있다. 탈무드는 "만일 모든 사람들이 한 방향으로만 향하고 있다면 세계는 기울어지고 말 것이다."라고 가르치고 있고, 성경에는 "큰 집에는 금 그릇과 은 그릇뿐 아니라 나무 그릇과 질 그릇도 있어 귀하게 쓰는 것도 있고 천하게 쓰는 것도 있나니 그러므로 누구든지 이런것에서 자기를 깨끗하게 하면 귀히 쓰는 그릇이 되어 거룩하고 주인의 쓰임에 합당하며 모든 선한 일에 준비함이 되리라."고 가르치고 있다.

왕도 농부가 없다면 밥을 먹지 못하듯 다른 사람을 나보다 낮게 여기고 중요한 사람으로 생각하여 서로 격려하라. 오케스트라의 피아노가 바이올린에게 자신이 몇 번 울린지를 자랑하지 않듯 우리의 모든 자랑은 허탄한 것이니 오직 우리 안에서 우리를 연주하시고 지휘하시는 하나님께 다만 감사하라.

타인을 이해하고 사랑한다는 것은 선형적 사고를 넘어 비선형적 사고인 맥락을 이해하는 것으로서, 타인을 단면적으로 판단하는 것이 아니라 드러나지 않은 복합적인 면 모두를 이해하고 공감하며 사랑한다는 것을 의미한다.

같은 맥락에서의 용서라는 단어는 내가 그 사람이 어떤 행위로 잘못을 하였음과 내가 그 사람의 잘못을 탓하지 않겠다는 이분법적인 지각과 사실이 아니라, 그 사람 그대로의 전부인 존재 자체를 이해한다는 것을 의미하며 나 또는 그러한 입장과 상황에서 얼마든지 그러한 선택과 잘못을 할 수 있다는 진정한 앎에 기반한 인식과 진실이다. 예수님도 십자가에 죽으면서까지도 "아버지 저들을 사하여 주옵소서 자기들이 하는 것을 알지 못함이니이다."라고 했고, 붓다도 "남의 잘못을 관용하라 그것은 어제의 나의 잘못이다."라고 했으며, 소크라테스도 "인간의 모든 죄는 무지에서 비롯된다."고 하였던 것 처럼 사실 그 어떤 사람, 그 어떤 죄인에게도 무지 외에는 죄가 없는 것이다.

 그러한 진실을 현명하게 받아들이게 될 때 비로소 진정한 용서가 이루어지게 되는 것이다. 다시 말해 용서라는 것은 각자의 판단 기준으로 타인의 잘못을 눈감아 주거나 인정해주는 것이 아니라 우리 인간의 삶에 나타나고 드러나는 부정적인 모든 것들로부터 서로가 해방되는 것을 의미한다고 하겠다.

 타인에게 용서를 베풀지 못하는 사람은 자신의 인생을 살아가는 데 있어서 줄곧 무거운 짐을 지고 사는 것과 같다. 그래서 용서란 우리의 평화와 마음 속에 조화와 균형을 이루게 하는 치유의 힘을 지닌다고 할 것이어서, 실제로 가장 큰 수혜자는 용서받는 쪽이 아니라 용서하는 쪽이라는 말이 성립하는 것이다.

하나님께서는 "아무에게나 혐의가 있거든 용서하라 그리하여야 하늘에 계신 너희 아버지께서도 너희 허물을 사하여 주시리라."라고 하셨고, "서로 용납하여 피차 용서하되 주께서 너희를 용서하신 것 같이 너희도 그리하라.", "비판하지 말라 그리하면 너희가 비판을 받지 않을 것이다."라고 말씀하셨다.

소크라테스는 "인간은 자신에게 행복을 가져다 줄 善으로 그 시점에 믿고 있는 것을 선택할 수 있을 뿐이므로 인간의 모든 오류나 잘못은 자의에 의한 것이 아니라 진짜 선과 환상적 선을 식별할 수 없다는 것이다."라는 위대한 금언을 남겼다.

인간은 누구나가 최선을 다해 살아가는 존재다.

다만 그 시점에 자신이 최선이라고 알고 있는 것만을

행할 수 있다는 것으로 악행은 역시 무지에서 비롯된다는 말이다.

따라서 죄란 본질과 본질이 아닌 것을 구분하지 못하는 인간의 무지 때문에 비롯되는 것으로 실수의 일종이라고 할 수 있다.

그러므로 인간 진보의 가장 큰 장애물은 만물의 본질에 대한 이러한 **'앎의 결핍'**일 따름이다.

우리는 언제나 정의를 받아들여야 하지만 정의만으로 재판한다면 한 명도 구원받지 못할 것이다.

하나님께서는 사람과 사람 사이에서 횡적으로 작용하는 '정의'보다는 종적으로 작용하는 '자비'를 기뻐하신다.

자기 자신에 대한 적절한 용인은 행복과 내적 평화에 이르는 열쇠가 되며 다른 사람에 대한 용인은 우리가 그들에게 보일 수 있는 최고의 사랑이다.

우리가 타인을 판단하는 행위는 자기 자신에 대한 용인의 심성이 결여되어 있음을 나타내는 증거이며 자신은 그렇지 않다는 교만한 마음이다.

심리학에서는 누군가에 대한 미움이나 분노는 결국 자기 자신에게 향하던 미움과 분노가 외부로 표출되는 것에 다름 아니라고 말하고 있다. 동양철학에서 외부 세계는 나의 내면세계의 그림자라고 한 것도 이를 두고 이름일 것이다.

우리가 누구든 어떤 사람이든 간에 서로에 대해 이해와 용인을 하지 않고 비판하고 박대하려 한다면 우리는 늘 근심과 스트레스, 그리고 실패와 절망 속에서 살아가게 될 것이다.

동양의 고전 채근담에도 관용에 관하여 주의를 주고 있는데, "사람을 꾸짖을 때도 너무 엄한 태도로 해서는 안 된다. 상대가 받아들일 수 있는 한계를 알아두어야 한다.", "사람을 가르칠 때도 너무 많은 것을 기대해서는 안 된다. 상대가 실행할 수 있는 범위 내에서 만족해야 한다."라고 한다.

이상과 같이, 무지와 죄에 속해있는 사람은 비교적

영적 성숙이 낮은 단계에 놓여있는 고통 받는 사람들로서 우리가 비판하고 처벌해야 할 대상이 아니라 용서하고 기도해야 할 대상들일 뿐이다.

인간을 변화시키고 발전시키는 것은 멱살잡이나 강압적인 가르침이 아니라 오직 **'있는 그대로를 사랑하는 것'**과 **'훌륭한 모범을 보이는 것'**이다. 깨달은 자는 실천하며 깨닫지 못한 자들만이 가르칠 뿐이다. 진리는 설명하되 설득하지 않으며 강제가 아닌 촉진의 역할이 되어 줄 뿐이다. 노자의 '무위자연'의 무위의 위가 바로 이것이 아닌가 생각된다.

노자가 말하는 최고의 지도자는 부하가 봤을 때 그 자리에 앉아 있다는 것은 알고 있지만 각별히 훌륭하다거나 고맙게 인식되지 않은 그러한 자연스러운 존재라고 했고, 그다음이 부하가 친근감을 느끼고 존경하는 지도자, 세 번째가 부하에게서 두려움을 사는 지도자, 가장 낮은 수준이 부하에게 바보 취급을 당하는 지도자라고 말한 바 있다.

"먼저 된 자로서 나중 되고 나중 된 자로서 먼저 될 자가 많으니라."는 성경말씀과 같이, 세상에는 절대 선도 절대 악도 없는 단지 **'성장하는 인간과 발전하는 역사'** 그 자체만이 존재할 뿐이다.

사랑은 타인을 조종하고 싶은 욕구도, 과시와 허세도 없는 것이고, 판단하기보다는 이해하려는 마음이며, 언제까지 상대방을 버리지 않고 참아내는 것이며, 변함없는 것이며, 상대방이 가능한 한 최고의 존재가 되기를 끝까지 믿어주는 마음이다.

에리히 프롬은 「사랑의 기술」를 통해 사랑은 그저 생기는 감정의 형태가 아니라 결단과 꾸준한 노력에 의해서 얻어질 수 있는 **'의지적 행위'**라고 명명했다. 사랑도 깨달음도 성령님의 임재하심도 감정이나 느낌이 아니라 엄밀하게 말하자면 모두 **'앎의 상태'**다.

쉬지 말고 말씀을 묵상하고 기도함을 통해서만 그 앎의 상태는 지속되며 그러한 과정 속에서 인간이 진정한 사랑에 눈뜨게 되며 인간에게도 아무런 대가 없이 거저 줄 수 있는 무조건적 사랑의 힘이 내재하고 있음을 깨닫는다.

무조건적 사랑은 변함없고 영원하며 외부의 조건에 좌우되지 않으며 그 사랑은 오르내림의 파동을 보이지 않고 사랑한다는 것이 존재 자체가 된다.

자기를 긍정하면 할수록 타인도 더 긍정하게 되며 사랑하면 할수록 사랑의 능력도 증폭된다.

AW 피네로는 "진심으로 사랑하는 사람은 결코 늙지 않는다."고 하였고, 에디 부인은 "질병은 몸의 고장이 아니라 마음의 고장이다."라고 했다.

실제 사랑의 느낌이 들면 뇌에서는 엔드로핀이 분비되기 시작하고 무조건적 수준의 사랑이 감사와 결합되면 건강해지고 젊어질 뿐만 아니라 거의 모든 질병이 치유되기도 한다.

록펠러는 53세에 세계 최고의 갑부가 되었지만 그동안의 삶은 행복하지 않았다고 한다. 55세에 그는 불치병에 걸려 겨우 몇 개월밖에 살지 못한다는 시한부 선고를 받았다. 절망에 빠져 휠체어를 타고 가는 록펠러의 눈에 들어온 것은 병원 복도에 걸려있는 액자의 글귀였다.

"주는 자가 받는 자보다 복이 있나니"

바로 그때 어디에선가 입원비가 없어 병원 직원에게 울면서 애원하는 환자 가족들의 음성이 들렸다. 록펠러는 비서를 시켜 병원비를 대신 지불하게 하고 누가 돈을 지불했는지 모르게 했다.

이것이 그의 나누는 삶의 시초였고 록펠러 자선사업의 발단이었다. 그 이후 록펠러는 신기하게도 병이 호전되었고 점차 완쾌되어 98세까지 건강한 삶을 살며 조건 없는 사랑을 실천하였다. 그리고 말년에 "나의 인생 전반기는 불행하였으나 후반기는 실로 행복하였다."고 회고하였다.

빅터 프랭클은 "본질적으로 인간의 구원은 사랑에 있으며 사랑을 통해 구원이 이루어진다."라는 말을 남겼다.

하나님 말씀에 "보는 바 그 형제를 사랑하지 아니하는 자가 보지 못하는 바 하나님을 사랑할 수 없느니라."라고 한다. 우리가 정말로 하나님을 사랑하고 있는가는 우리가 우리 이웃을 얼마나 사랑하고 있는가로 알 수 있다.

성경에 **'행하지 않는 믿음은 죽은 믿음'**이라고 되어 있듯 하나님은 우리 인간에게 예수님과 하나님을 지식으로 알라고만 하지 않으셨고 세상 속에서 예수님과 하나님처럼 행하라고 말씀하였다. 그래서 우리의 인생 목표도 지식이나 깨달음이 아니라 **'행동과 실현'**이 되어야만 한다.

인간의 가치는 얼마나 사랑받았느냐가 아니라 얼마나 사랑을 베풀었느냐에 달려 있다.

인간이 비록 생물학적 특성과 한계를 지니고 있지만 하나님께서 인간을 창조할 때도 다른 수단이 아닌 사랑을 통하였다는 사실에서 사랑은 인간의 영적 특성이 밖으로 표출된 것이라고 볼 수 있다. 그러기에 인간은 사랑으로 하나가 될 수 있는 것이다.

데이비드 홉킨스는 「의식 수준을 넘어서」 등에서, 사랑이란 '나와 너'라는 이원적인 생각이나 거기서 나오는 분리의 착각도 사라진 경지, 모든 이해를 초월하여 무한하고 조건 없는 사랑이 나타내는 평화의 상태, 전능한 것과 보이는 일체의 것들이 하나를 이루는 상태를 만드는 것이라고 말한다.

인간은 좋아하기 위해 존재하는 것이 아니라 사랑하기 위해 존재하며, 좋아하는 것과는 반대로 사랑은 대가를 요구하지 않는다.

사랑이 머무는 곳에 믿음과 소망, 기쁨과 평화가 함께한다. 사랑은 모든 것을 이겨낸다. 그리고 사랑할 수 있다는 것은 모든 것을 할 수 있다는 것이다. 하나님은 사랑이시기 때문이다.

또한 하나님의 속성이 그러하고 예수께서 가실 때가 된 줄 아시고 세상에 있는 자기 사람을 사랑하시되 끝까지 사랑하신 것과 같이 사랑은 **'맹목적이고 희생'**이며 '끝까지 버리지 않는 것'이다.

내가 사랑하는 사람

시인 정호승

나는 그늘이 없는 사람을 사랑하지 않는다

나는 그늘을 사랑하지 않는 사람을 사랑하지 않는다

나는 한 그루 나무의 그늘이 된 사람을 사랑한다

햇빛도 그늘이 있어야 맑고 눈이 부시다

나무 그늘에 앉아

나뭇잎 사이로 반짝이는 햇살을 바라보면

세상은 그 얼마나 아름다운가

나는 눈물이 없는 사람을 사랑하지 않는다

나는 눈물을 사랑하지 않는 사람을 사랑하지 않는다

나는 한 방울 눈물이 된 사람을 사랑한다

기쁨도 눈물이 없으면 기쁨이 아니다

사랑도 눈물 없는 사랑이 어디 있는가

나무 그늘에 앉아

다른 사람의 눈물을 닦아주는 사람의 모습은

그 얼마나 고요한 아름다움인가

II 행복을 만드는 자양분

세월만큼 좋은 스승은 없다고들 한다. 그러나 시간이 쌓인다고 하여 삶이 완성되는 것은 아닌 것과 같이 씨앗이 마음 속에 뿌려지고 간직된다고 하여 모두가 풍성한 열매를 맺고 하늘과 맞닿는 나무로 성장할 수는 없다. 씨앗이 하늘이 되도록 만들어 주는 태양과 비와 같은 필수적인 자양분이 바로 '정직과 인내', '겸손과 감사', '좋은 생각과 말' 등이다.

1 정직과 인내

· 정직

영국 속담에 다음과 같은 말이 있다.

"하루만 행복하려면 이발소에 가서 머리를 깎아라.

일주일만 행복해지고 싶다면 결혼을 하라.

한 달 정도라면 튼튼한 말을 사고,

일 년이라면 새 집을 지어라.

그리고 평생토록 행복하기를 바란다면 정직한 인간
이 되어라.

정직을 잃은 자는 더 잃을 것이 없다."

정직함은 부정직함인 외재적인 힘을 무화시킬 수 있

는 내재적인 힘이다.

정직은 인간의 영혼 속에 하나님의 영이 거할 수 있게 하는 기초적인 하나님의 성품이자 인간 상호 간의 성숙을 향한 나침반이다.

실존심리학자들은 인간이 성장하기 위해 필요한 인간 상호 간의 만남과 융화의 근본을 정직이라 정의했다.

어떤 사실에 대하여 거짓이 없는 것, 자신을 공공연히 솔직하게 나타낸다는 것은 인간의 가장 자연스러운 용기이다.

존 포웰 신부는「나는 왜 나 자신을 말하기를 두려워하는가」에서 성숙한 사람은 언제나 **'자기는 자기'**인 사람으로서 자신을 다른 사람들과 신에게 노출시킨다고 하였다.

우리는 나 자신을 받아들이고 너에게 나를 드러냄으로써 네가 너 자신을 받아들이고 마음을 열도록 할 수 있다.

그리고 나 자신에 대한 정직이 네가 너 스스로에 대해 정직하도록 힘이 되었으면 하고 바라는 것이다.

어느 정신신체의학 전문가는 피로와 병의 가장 일반적인 원인은 '감정의 억압'이라고 말한다.

자신의 솔직한 감정을 표현하는 것은 신뢰를 기반으로 한 인간관계에 더욱 도움이 될 뿐만 아니라 우리의 건강에 필수적이라는 말이다.

솔직하고 정직하지 못하게 인간관계를 맺는 사람은 모래 위에 집을 짓는 것과 같이 아무리 많은 시간이 흘러도 아무런 인간관계도 갖지 못하게 되고 어떤 보람도 얻을 수 없다.

나의 단점이 어떠한 것이든 '나는 현재의 나일뿐' 모든 인간은 어떤 방식으로든 계속 발전해 나가므로 나는 어떤 사람이고 너는 어떤 사람인가를 서로에게 말할 수 있고, 또한 그렇게 되어야 한다. 원래 인간이란 성숙과 완성을 향한 **'되어가는 과정'**이기 때문이다.

그러한 과정은 우리가 서로 아무것도 숨길 필요가

없다는 것과 모든 것을 서로 나누었다는 것을 확신할 수 있고 확신하게 할 것이다.

우리는 항상 끊임없이 성장하여 나는 너에게 너는 나에게 늘 새로운 면을 경험하게 되고 서로를 통하여 하나님의 실존을 같이 경험하게 해준다.

무엇보다 중요한 것은 자신을 **'있는 그대로 받아들일 수 있는 부단한 용기'**다. 자신에게 정직하지 못한다면 타인에게 정직하지 못한다는 것은 뚜렷한 사실이기 때문이다.

인간이 인간으로서 성장하고 발전하기 위해서는 "나이어서 참 좋다. 나는 내가 다른 사람이 아닌 나라는 사실이 행복하다."는 진정한 자아수용, 자기 존중, 자신에 대한 진실한 깊은 사랑과 감사의 마음을 갖추어야만 한다.

라비 조샤 리브만은 "스스로를 올바로 사랑하고 믿으라. 그러면 이웃도 사랑하고 믿게 될 것이다."고 주장했고, 버트란드 러셀은 "사람은 평화로워지기까지

는 다른 사람들과 평화롭게 될 수가 없다."고 말한 바
있다.

모든 사람은 누구나 개성 있고 절대적인 가치를 가
지고 태어났고 개개인은 신비스럽고 각각 다르다.

우리는 앞서 언급한 바와 같이, 자신의 소망을 통해
거룩하고 위대한 자아정체성을 만들고, 오케스트라
에서의 자기에 맞는 악기가 되어 연주하고 즐길 줄 아
는 진실로 자신을 사랑하는 방법을 터득해야 한다. 다
른 그 누구로도 되고 싶지 않도록, 단지 나이고 싶도
록 되어야 하는 것이다.

미국 남캐롤라이나 의과대학 부속 정신건강연구소
의 한 정신과 의사는 이렇게 말했다.

"우리들의 가장 큰 일은 환자들이 자신의 장점을 발
견하도록 하는 것이다. 이 요법엔 예외나 실패가 없다.
환자가 조금씩 자기 자신을 좋아하기 시작하면 거의
즉시 회복되기 시작한다."

내가 누구인지를 말할 수 있고 내 감정을 정직하고

진실하게 네게 표현할 수 있는 것이 내 자신과 너에 대한 가장 큰 친절이다.

자유와 완전한 지혜로 이어지는 유일한 통로는 바로 정직이다. 성경에는 **"하나님은 정직한 자를 위하여 완전한 지혜를 예비하신다."**라고 되어 있다. 정직은 모든 지혜와 덕의 첫 번째 장이며, 그 통로만이 진정한 자유, 진리라는 곳으로 우리를 이끌 수 있고 결국 우리를 행복의 전당으로 들어가게 해준다.

결론적으로 정직함은 **'겸손이며 두려움 없는 용기'**다. 내 감정에 정직하면 남의 감정에 더 공감할 수 있게 된다. 그래서 우리가 우리 자신뿐만 아니라 타인에게 주어야 하는 가장 큰 친절은 언제나 '정직'이다.

· 인내

"하늘은 인간이 감당할 수 있을 만큼의 시련을 주신다."라는 금언이 있다. 시련은 감당할 수 있는 사람에게만 허락되는 것이고 그 시련을 통해 대부분의 사람들이 성장한다.

실로 모든 역경에는 그 나름의 신의 뜻이 있으며 그것을 통과하면서 기도와 신과의 대화를 통해 그 뜻을 알아가게 되고, 훈련 과정을 통해 우리 인간과 역사는 발전을 거듭해 왔다.

모든 게 내가 원하는 대로 된다면 내 계획대로 된다면 나는 새로운 것은 경험하지 못할 것이다. 페스탈로치는 "고난과 눈물이 나를 높은 예지로 이끌어 올렸다. 보석과 즐거움은 이것을 이루어 주지 못했을 것이다."라고 말하였다. 한마디로 말해서, 고난은 신의 선물이자 인간 생존의 조건이다.

그 때문에 살아가면서 누구나 고난과 시련에 처하지만 그걸 단지 벗어나고픈 고통의 순간이라고 생각하는 사람보다는 자신을 더욱 강하게 만드는 성숙의 계기라고 생각하는 사람이 같은 고난을 겪어도 더 슬기롭게 견뎌낼 수 있으며 더 크게 영혼을 성장시킬 수 있다.

하나님은 필요한 사람에게 우선 쓰임 받기에 합당한 인내심을 테스트하고 시련을 통해 연단 한다.

따라서 비록 우리가 신의 뜻을 알지 못한 때라도 우리가 최소한 취해야 할 태도는 '**감사**'와 '피할 수 없다면 즐기라.'는 '**기쁨**'이다.

고난이 있을 때마다 그것이 하나님께 쓰임 받기에 합당한 그릇이 되어가는 과정임을 기억해야 한다.

"보라 인내하는 자를 우리가 복되다 하나니 너희가 욥의 인내를 들었고 주께서 주신 결말을 보았거니와 주는 가장 자비하시고 긍휼히 여기시는 이시니라."는 성경말씀과 같이, 인내하지 못하면 하나님의 자비, 긍흉, 은총을 받을 수 없으며 기적을 이뤄낼 수 없다.

미국의 발명가 토머스 에디슨은 "절대 이길 수 없는 자는 '천재'가 아니라 어떤 환경에도 '계속하는 자'이다. 될 때까지 하면 이루지 못할 것은 없기 때문이다."라는 말을 하였다.

이는 "포기하지 마라, 포기하지 마라, 절대로 포기하지 말라."는 처칠의 말처럼 우리의 소망이 달성될 때까지 포기하지 않고 계속하는 인내의 필요성을 일깨워 준다.

나폴레온 힐도 이렇게 말했다.

"누구나 성공을 이루기 전에 수많은 패배와 수만 번의 실패를 겪는다. 패배가 찾아왔을 때 가장 논리적이고도 쉽게 할 수 있는 것은 포기이다. 그것이 바로 대부분의 사람들이 행하는 방법이다. 그리고 그것이 바로 대다수의 사람들이 평범한 사람으로 남는 이유이다."

아름다운 영혼을 가지고 성공적인 삶의 모범을 보여

준 수많은 위인들은 좋은 조건에서 살아온 사람이 아니라 온갖 역경과 아픔을 겪었지만 포기하지 않고 그것들을 인내로 극복해낸 사람들이었다.

인간은 과거에 받은 고통이 클수록 더욱더 강력한 치료사가 될 수 있으며 고통 속에서 얻어낸 통찰력과 그 통찰력이 빚어내는 내적 능력은 이웃과 세상을 치료할 수 있다.

어린 시절 수많은 실패와 좌절로 26세 나이에 신경쇠약과 정신 분열로 정신병원에 입원까지 했지만 그 고통을 극복하고 역사상 가장 위대한 대통령 중의 한 사람이 된 미국의 제16대 대통령 에이브러햄 링컨은 "인생에서 무지개를 찾고 싶은가? 그렇다면 조금 더 눈물을 흘려라. 눈물이 없는 사람의 눈엔 무지개가 뜨지 않기 때문이다."라고 말했다.

수많은 위인들은 우울증, 조울증, 공황장애 등 정신적 고통을 겪은 사람들이 많다. 의학도가 아닌 저자의 견해와 경험으로는, 생각이 많은 사람들에게 정신병

발병률이 높다는 의학적 통계 자료에 비추어 위인들은 평범한 사람들보다 조울 정신병의 조증에 가까운 깊은 생각, 울증에 가까운 번뇌 등에 사로잡혔다고 보이며 그들의 성품은 양극의 성질을 합한 것 처럼 보인다. 따라서 그만큼 평범한 사람들보다 감당해야 할 시련과 고난이 많았던 것으로 추측된다.

그러나 하나같이 그 고통을 극복해 냄으로써 많은 사람들에게 큰 영향력을 끼치는 위대한 업적을 쌓았다.

니체는 "나를 죽이지 못하는 것은 나를 더 강하게 만든다."고 했고, 마틴 루터 킹 목사는 "나의 고통이 점점 커져 갔을 때 이 상황에 대처하는 두 가지 방법이 있다는 것을 곧 알아차렸다. 고통스러운 반응을 보이는 것과 고통을 창조의 힘으로 변화시키는 것. 나는 후자를 선택했다."고 말했다.

채근담에는 다음과 같은 인내를 하며 기회를 기다릴 줄 아는 격언이 실려 있다.

"오랫동안 웅크리고 앉아 힘을 모으고 있던 새는 한번 날기 시작하면 반드시 하늘 높이 날아오른다. 앞을 다투어 먼저 핀 꽃은 지는 것 또한 빠르다. 이 이치만 터득하고 있다면 도중에 지쳐서 주저앉아버릴 염려도 없고 공을 빨리 이루려고 안달할 일도 없다."

큰 성공을 거두는 사람들은 예외 없이 정신 깊은 곳에 상처를 받은 경험이 있는 사람들로서 실패자로 떨어질 비극이나 위기상황을 뛰어넘은 뒤에 진정한 의미의 성공을 거둔 사람들이다.

우리는 어떠한 시련에서도 자신이 설정한 자아정체성을 잃지 말아야 한다. 미래의 멋진 자신이 현재에 살며 현재의 고난 속에서 연단을 받고 있는 것이라고 생각해야만 한다.

누구라도 언제나 그러한 미래의 멋진 모습을 바라보고, 좋은 생각만으로 스스로를 컨트롤해 나아갈 수만 있다면 반드시 행복하고 멋진 삶을 이루어 낼 수 있다.

카를 융은 "모든 신경증은 정당한 고통을 회피한 대가다."라고 하였고, 에픽테토스는 "인간에게 고통을 주는 것은 일어난 일 그 자체가 아니라 그 일에 대한 우리의 판단이다."라고 하였다.

　"하나님의 지으신 모든 것이 선하매 감사함으로 받으면 버릴 것이 없나니", "범사에 감사하라.", "하나님을 사랑하는 자 곧 그의 뜻대로 부르심을 입은 자들에게는 모든 것이 합력하여 선을 이루느니라."라는 성경말씀을 종합하면, 우리는 고통을 단순한 고통으로 여기지 않고 더 큰 성장을 위한 축복의 과정으로 나아가 그것이 훗날 나와 다른 사람들을 행복하게 만들어줄 힘이 될 삶의 밑거름으로 받아들여야 하며, 그러한 진실 수용은 우리로 하여금 시련과 고난을 감사히 인내로 극복할 수 있도록 만들 것이다.

2 겸손과 감사

· 겸손

"우선 겸손을 배우려 하지 않는 자는 아무것도 배우지 못한다."는 말이 있다.

겸손의 어원을 살펴보면 라틴어 'humilis'에서 나왔는데 이 단어는 '만물이 태어나는 곳, 만물이 풍요롭고, 열매 맺고 성장하게 하는 곳'이란 뜻이다.

앞서 믿음 부분에서 언급한 바와 같이, 교만하여 세상에 던져진 존재로서의 인간은 오직 겸손을 통해 모든 인간이 부족함을 가졌다는 사실을 알게 되고, 보다 완전함을 추구해 나아가는 노력의 원천을 제공받을 수 있다.

헤밍웨이는 "지혜와 힘과 지식의 비밀은 겸손이다." 고 말하였다. 겸손함으로 자신의 생각과 행동은 발전적으로 확장될 수 있는 것이다.

즉, 겸손은 인간을 하나님과 가깝게 만드는 가장 중요한 자양분인 셈이다.

노벨문학상을 수상한 패트릭 화이트는 "인간은 자신이 겪은 고통의 분량만큼 진보하며, 고통 가운데 겸손을 배우면 하나님과 가깝게 된다."라고 하였다.

겸손은 하나님을 인정하는 것이며 하나님을 인정하는 사람은 누구를 만나도 겸손하다. 하나님은 항상 사람을 통해 일하시고 역사하시며 성취하시는 분이므로 누구를 통해서든 그 뜻과 지혜와 만사형통의 길을 말씀해 주시기 때문이다.

소크라테스도 "너 자신을 알라."고 말하며 스스로의 무지함을 알라고 가르쳤고, 노자는 "아는 자는 말하지 않고 말하는 자는 알지 못한다."고 했으며, 붓다도 "무지를 깨우치라."고 하였다.

큰 나무는 작은 나무보다 낮지 않고 꽃이 나무보다 낮지 않다. 다만 큰 나무는 큰 나무대로 꽃은 꽃대로 존재 이유와 방식이 다를 뿐 모두 서로에게 매우 중요한 VIP들이다.

데이비드 홉킨스의 「의식혁명」에는 이러한 겸손에 대해 비교적 자세한 설명을 하고 있는데, 건전한 자아긍정을 넘어선 의미에서의 자부심은 태도이자 위치성으로서의 교만함을 가리키며 이것은 자신이 남보다 낮다는 신념, 생각, 의견, 일반적 태도에서 나오는 오만함이라는 것이다.

왜냐하면 이것은 성취에 바탕을 둔 것이 아니며 노력하여 얻어낸 것이 아니므로 자기 가치에 대한 과대평가이며 일반적으로 자만심으로 일컬어지기 쉬운 특성이 있다는 것이다.

우리는 각자의 사전 속에서 '자부심'이라는 무의미한 단어를 지우고 언제나 '겸손'으로 대치하는 지혜를 가져야 한다. 몽테뉴도 "자부심에서 겸손이 나올 수 없다. 자부심보다 높은 의식 상태는 겸손과 사랑의 상태로서 겸손하고 사랑하면 가치의 문제는 떠오르지 않는다."고 하였다.

교만과 거만함은 드러내는 가장일 뿐이지만, 겸손과 고상함은 스스로 존재하는 **'능력의 절제'**다.

겸손은 하나님의 뜻과 지혜를 알고 하나님과 자연의 힘에 순응하는 것을 말한다.

비범한 천재(**gifted, 선물로 주어진**)들의 전형적 특징은 거대한 인내와 겸손함이다. 그들은 그들의 월등한 앎이나 창조, 통찰력의 원천에 대하여 '실제 자신은 아무것도 알지 못하며, 그 어떤 것도 자신이 한 일이 없다.'고 하면서 그 공로를 신에게 돌리곤 한다.

겸손이 우리에게 주는 혜택은 정숙과 우아함 그리고 평온함에 이르는 아름다움이다.

자고로 지혜의 커다란 전진은 '내가 안다'는 착각을 버릴 때라야 비로소 가능해진다. 겸손해져서 다 안다는 자만심을 버리게 될 때 앎의 성숙이 시작되는 것이다.

언제나 겸손은 자기 영역 확장의 무기이자 성공의 비법이다. 공자는 겸손과 관련한 군자의 처세에 대하여 다음과 같이 말하였다.

"바다와 강이 수백 개의 산골짜기 물줄기에 복종하는 이유는 그것들이 항상 낮은 곳에 있기 때문이다. 다른 사람들보다 높은 곳에 있기를 바란다면 그들보다 아래에 있고, 그들보다 앞서기를 바란다면 그들 뒤에 있으라."

성경에는 "서로 겸손으로 허리를 동이라.", "오직 사랑으로 서로 종노릇 하라.", "남을 나보다 낮게 여기라.", "교만은 패망의 선봉이요 거만은 넘어짐의 앞잡이니라.", "높아지려고 하면 낮아질 것이요 낮아지려고 하면 높아질 것이다.", "크고자 하는 자는 섬기는 자가 되고 으뜸이 되고자 하는 자는 너희의 종이 되어야 하리라."라고 가르치고 있다.

고전에는 관자가 "모든 일은 계획에서 시작되고 노

력으로 성취되며 오만으로 망친다."고 하였고, 헤라클레이토스는 "자만은 패망의 징조다."라고 하였다.

　"진실로 그는 거만한 자를 비웃으시며 겸손한 자에게 은혜를 베푸시나니"라는 성경말씀과 같이, 겸손할 때에만 하나님이 주신 씨앗들을 발육시키고, 생육게 하며, 번성하게 할 수 있음을 기억하고, 항상 **'남을 나보다 낫게'** 여기고, **'남을 나보다 더 생각'**해주며, **'남을 나보다 더 중요'**한 사람으로 여겨주는 겸손한 마음과 자세를 유지해야 할 것이다.

　끝으로, 성경말씀은 "각 사람은 위에 있는 권세들에게 복종하라 권세는 하나님으로부터 나지 않음이 없나니 모든 권세는 다 하나님께서 정하신 바라. 그러므로 권세를 거스르는 자는 하나님의 명을 거스름이니 거스르는 자들은 심판을 자취하리라."라고 되어 있다.

　비록 이 세상이 악할지라도 위의 권세가 또한 그럴지라도, 지금의 세상은 완벽하지는 않지만 신이 우리 인간들을 통해 이루어 놓은 최상의 상태에 놓여 있다.

앞으로 전개될 모든 것 심지어 그것이 사탄의 일이라 할지라도 선하시고 전지전능하신 하나님의 의도하심, 허락하심, 내버려두심의 3가지 역사가 아니고서는 어떠한 일도 일어날 수 없기에 '하나님의 법'에 대적하는 권세 등의 외예적인 경우 외에는 위의 권세들에게 겸손히 복종하여야 하며 나머지는 하나님의 심판하심에 맡겨야 할 것이다.

· 감사

　"사람이 얼마나 행복한가는 그의 감사의 깊이에 달려 있다."는 말이 있다. 감사는 영어로 'Thank'인데 'Thank'라는 단어는 'Think'(생각)에서 그 어원이 왔다고 한다. 다시 말해서 생각(Think)을 올바로 하면 감사(Thank)하게 된다는 뜻이다.

　인생에서 우리에게 일어난 일을 어떻게 생각하느냐에 따라 감사할 일도 되고 불평할 일도 된다는 뜻이다. 어떤 일이건 감사하는 마음은 행복의 열쇠이다. "항상 기뻐하라. 쉬지 말고 기도하라. 범사에 감사하라"는 성경말씀과 같이 감사는 하나님의 우리를 향한 명령이다.

　라이프곱스는 "감사할 줄 모르는 자를 벌하는 법은 없다. 감사할 줄 모르는 것 자체가 벌이기 때문이다." 라고 말하였다.

저자가 생각하는 인간의 인격 역시 그가 어느 정도까지 감사할 수 있는지 **'그의 감사의 끝이 어딘지가 곧 그의 인격 수준'**이라고 생각된다.

"사람의 마음에서 나오는 것은 악한 생각 곧 음란과 도둑질과 살인과 간음과 탐욕과 악독과 속임과 음탕과 질투와 비방과 교만과 우매함이니 이 모든 악한 것이 다 속에서 나와서 사람을 더럽게 하느니라."라는 성경말씀과 같이, 인간의 마음에는 스스로 믿음, 소망, 사랑, 기쁨, 감사, 기도 등과 같은 좋은 것들이 나오지 않으므로 감사도 애써 노력하고 배워나가야 할 수 있는 것이다.

저자는 **'감사하는 말'**을 하고 **'감사하는 자가 되려고 노력'**할 때만 실로 감사라는 마음이 우리에게 생겨진다고 믿고 있다.

우리가 기뻐서 기쁜 노래를 부르는 것이 아니라 기쁜 노래를 부르니 기뻐지는 것과 같이 행복해서 감사를 하는 것이 아니라 감사하는 마음을 가지게 되면 행복해진다는 것이 사실이다.

　세상에는 공기만큼이나 행복이 가득하지만, 감사라는 그릇이 없으면 담을 수가 없다. 감사란 실로 인간이 추구하는 최고 목적인 **'행복을 담을 수 있는 그릇'**으로서 그 그릇이 먼저 만들어지고 깨끗이 준비되었을 때에만 모든 행복을 담을 수 있다.

　이와 같이 감사는 저자가 이 책을 통해 말하고자 하는 **'행복을 담을 수 있는 가장 중요한 도구이자 비결'**임을 분명히 밝혀둔다.

　실제로 감사하는 마음을 갖는 동안은 심장박동이 규칙적으로 뛰기 때문에 순환기능, 면역기능, 신경시스템이 매우 유연하게 돌아간다고 한다. 호르몬 균형으로 온몸이 조화를 이루면서 건강에너지가 넘쳐나는 것이다. 그러면서 뇌혈류가 증가하고 뇌가 활성화된다. 특히 면역계와 좌측두엽이 활발해져서 적응력과 협동심, 사고력이나 기억력 등이 향상된다.

　감사하는 마음 하나만으로도 몸과 정신이 건강해지

는 행복을 누릴 수 있는 것이다.

　가장 축복받은 사람은 감사하는 사람으로서, 우리가 현재 가진 것에 대하여 신께 감사하지 못한다면 그것을 감사하기 전까지 어떤 다른 감사한 것들도 얻게 되지 못할 것이다.

　성공해서 감사하게 된 것이 아니라 감사해서 성공하게 된 수많은 성공자들의 특징은 항상 범사에 감사하는 삶을 살고 있으며 그들은 이렇게 말한다.

　"감사하면 감사할 일이 계속 생기고 원망하면 원망할 일만 생긴다.", "시련은 선물이고 위기는 기회이다. 모든 일에 감사하는 것이 오늘 온전히 행복하게 살아가는 지혜이다."

　론다 번의 「더 시크릿」에서, 바르게 살아가는 수많은 사람들이 감사함을 느끼지 않아서 가난에 허덕인다고 설파한 점은 매우 의미심장한 말이 아닐 수 없다.

　우리에게 이미 있는 것들에 고마워하지 않는다면 더 좋은 일이 일어날 수 없는 바, 고마워하지 않을 때 내

뿜는 생각과 감정이 모두 부정적이기 때문에 그와 같은 것들을 끌어당긴다는 것이다.

질투든, 원망이든, 불만이든, 부족하다는 느낌이든, 이런 것은 부정적 생각들로서 이것들은 에너지로 자석과도 같이 유사한 생각과 환경을 끌어당김으로써 우리가 원하는 것을 얻지 못하게 한다고 말하고 있다. 따라서 우리는 항상 지금 있는 것들에 감사해야 한다.

지혜로운 사람은 모든 일에 감사함을 잊지 않는다. 아주 미미한 것에서도 감사함의 의미를 꾸준한 노력으로 계속해서 찾아낼 수 있다면 누구나가 풍족한 삶을 살아갈 수 있다. 고마운 모든 일에 대해 생각하는 것만으로도 놀랍게도 감사해야 할 일들이 끊임없이 꼬리를 물고 이어지는 것을 발견할 수 있다.

앞서 언급한 바와 같이, "감사로 제사를 드리는 자가 나를 영화롭게 하나니 그의 행위를 옳게 하는 자에게 내가 하나님의 구원을 보이리라.", "항상 기뻐하라, 쉬지 말고 기도하라, 범사에 감사하라 이것이 그리스도 예수 안에서 너희를 향하신 하나님의 뜻이니라."는 하나님이 인간에게 주신 약속과 명령의 말씀이다.

여기에 감사만큼 중요한 것이 바로 **'기쁨'**이라는 것으로 감사할 때 느껴지고 충만하게 되어지는 성령의 열매인 '희락'이라고 할 수 있다.

이는 자고로 **'감사에 조건이 없어지면 없어질수록 내면에 차오르는 거룩한 고요함'**으로 감사가 무조건적인 수준으로 진보할 때 일어나는 의식의 한 상태다. 이러한 기쁨은 역시 모든 사람들과 일어나는 일, 환경 등에 대한 무조건적 감사에의 노력에서 비롯된다.

우리는 불행하기 때문에 불평하는 것으로 생각하지만 사실 불평이 사람들을 불행하게 만든다고 할 수 있다. 감사하는 태도를 갖추기만 해도 우리는 이전보다 훨씬 훌륭하고 행복한 사람이 될 수 있다.

태초 이래로 부족한 인간에게 있어서 **'감사를 잃으면 모든 것을 잃는다.'**는 것이 사실임에도, 어리석게도 인간은 하나님이 저마다에게 주신 많은 것들을 빼앗

기거나 잃어버리고 나서야 그것의 고마움을 알게 되는 경우가 많고 그전에는 감사를 모르고 살아가기에 행복을 잊고 살아간다.

그러므로 기쁠 때나 슬플 때 심지어 아무리 절망적인 상황에라도 사소하게 보이는 모든 것들에 대하여 하나님과 타인에게 항상 감사해야 한다.

우주의 모든 것은 선하시고 전지전능한 하나님의 뜻에 따라 운행되기 때문에 우리는 오직 감사로 하나님께 아뢰고 기도하며 기뻐해야 한다.

감사에 있어 가장 중요한 부분은 감사는 미리 하여야 한다는 사실이다. 예수께서 오병이어 기적을 베푸실 때 죽은 자를 살리실 때도 하나님께 먼저 '축사'나 "아버지여 내 말을 들으신 것을 감사합니다."라고 기도하였음을 우리는 유념하여야 한다. 욥도 감사했을 때 하나님이 두 배의 축복을 주셨고, 요나도 감사했을 때 고래의 배속에서 토해졌으며, 다니엘도 사자 굴에 들어가기 전 감사했더니 하나님이 천사를 통해 사자들의 입을 봉하였다.

이러한 **'사전에 감사하는 행위'**는 기도로 얻고자 하는 것에 대한 **'대가를 지불하는 행위'**이다.

인간과 하나님과의 관계는 감사해서 칭찬받고, 기도해서 응답받는 관계이지, 불평불만을 토로하는 관계가 아님을 명심하기 바란다.

항상 감사하는 마음이 더 감사한 일을 만든다는 것 그리고 하나님은 어떤 상황에서도 감사하고 겸손한 자에게 은총과 축복, 기적을 내려주신다는 것을 잊지 말아야 할 것이다.

끝으로, 성경에는 예수님과 제자들이 길을 갈 때 날 때부터 맹인된 사람이 있어 제자들이 "이 사람이 맹인으로 난 것이 누구의 죄로 인함이니이까? 자기니이까 그의 부모니이까?"라고 예수님께 물었고, 예수님은 "이 사람이나 그 부모의 죄로 인한 것이 아니라, 다만 그에게서 하나님이 하시는 일을 나타내고자 하심이라."라고 대답한 것이 나온다.

비록 어떤 한 사람이 신체장애나 척박한 환경 등에서 태어났다고 하더라도, 그를 통해서 하나님께서 하실 일이 있고 나타내실 영광이 있으므로 우리 모두는 우리를 향하신 하나님의 크고 놀라운 일의 성취를 기대하며 소망을 품고 긍정적이고 굳건한 믿음을 가져야 한다.

　팔다리 없이 태어난 닉 부이치치는 15세에 하나님을 인격적으로 만난 후 19세때 첫 연설을 시작으로 40여개국을 다니며 교회성도 뿐만 아니라 다양한 청중을 대상으로 희망의 메시지를 전하고 있다. 또한 그는 「삶은 여전히 아름답다」를 통해 "당신에게 닥친 어떤 문제보다 하나님이 더 크시다는 사실에 초점을 맞추라. 그러면 문제는 당신이 생각했던 것보다 훨씬 작은 것이 될 것이다."라고 말하면서 신체장애나 그 어떤 좋지 못한 환경에 처하게 되었다고 할지라도 누구나 행복할 수 있고 천하를 다 얻은 사람이라 할지라도 행복하지 않을 수 있다는 것을 알리는 행복전도사의 삶을 살고 있다.

　세상의 관점에서 보면 불공평해 보이는 것도 그가 그로인해 하나님께 더 나아오는 삶을 살게 되었고 거듭나는 은혜와 쓰임 받는 축복을 받을 수 있다면 그는 하나님의 자녀로서 보다 큰 영광을 하나님께 올려드릴 수 있을 것이다.

　하나님의 근본 속성이 사랑과 공의 자체이시기 때문에 하나님은 우리 모든 인간을 그 목적과 쓰임을 위하여 저마다 같은 무게의 십자가를 지도록 평등하게 창조하였으며, 우리는 불공평해 보이는 삶에서 공의로 인도하시는 하나님을 만나 공평하신 하나님께 감사와 찬양만을 올려드려야 한다.

날 구원하신 주 감사

날 구원하신 주 감사 모든 것 주심 감사
지난 추억 인해 감사 주 내 곁에 계시네

향기로운 봄철에 감사 외로운 가을날 감사
사라진 눈물도 감사 나의 영혼 평안해

응답하신 기도 감사 거절하신 것 감사
헤쳐나온 풍랑 감사 모든 것 채우시네

아픔과 기쁨도 감사 절망 중 위로 감사
측량 못 할 은혜 감사 크신 사랑 감사해

길가에 장미꽃 감사 장미꽃 가시 감사
따스한 따스한 가정 희망 주신 것 감사

기쁨과 슬픔도 감사 하늘 평안을 감사

내일의 희망을 감사 영원토록 감사해

기쁨과 슬픔도 감사 하늘 평안을 감사

내일의 희망을 감사 영원토록 감사해

영원토록 감사해 영원토록 감사해

3 좋은 생각과 말

· 좋은 생각

론다 번의 「더 시크릿」을 보면, "당신이 하는 모든 생각은 실체이며, 끌어당기는 힘이다."라고 생각에 대한 정의를 하고 있고, 윌리엄 제임스는 "우리 세대의 가장 위대한 혁명은 사람이 자신의 마음을 바꿔 먹으면 자신의 인생도 바꿀 수 있다는 것을 발견한 것이다."라고 말하였다.

자기계발 전문 강사와 저술가로 활동하며 인간관계에 어려움을 호소하는 많은 사람을 도운 데일 카네기는 "가장 조심해야 할 것은 가난도 질병도 아닌 당신의 생각이다. 생각이 당신의 삶을 지배하기 때문이다."라는 유명한 말을 남겼다.

　데일 카네기 연구소를 설립하여 인간관계의 원리를 전파하며 많은 사람들에게 긍정적인 영향을 준 그였지만, 그 역시 과거 교사, 배우, 세일즈맨 등 다양한 삶을 거치는 동안 수많은 실패와 좌절을 겪으며 심한 고뇌 속에 삶을 경멸하기도 하였다.

　그런 상황을 극복하기 위하여 도움이 될 만한 글을 찾던 중 그의 인생에 지침이 될 결정적 문장을 발견하였다. 그것은 로마 제국을 통치한 위대한 철학자 마르쿠스 아우렐리우스가 했던 말이다. 그의 이후의 모든 삶을 지배하며 영향을 준 문장은 바로 이것이다.

　"우리의 인생은, 우리의 사고에 의해 만들어진다."

　모든 인간은 자신이 사고하는 틀 안에서 자신의 운명을 만든다는 것이다.

　모든 사고는 원인이며 모든 상태는 결과이다.

　저자가 앞서 언급한 '품성이 곧 운명', '생각이 곧 운명'이라는 것과 같이 인간이 생각하는 것은 반드시 말로 드러나게 되고 그 말은 결국 그 사람의 품성이 되고 운명이 된다는 것이다.

우리에게 어떤 환경이건 상황이건 간에 그것은 우리가 그렇게 만든 것이며 우리의 마음, 곧 생각이 그것을 창조한 결과물일 따름이다.

우리에게 처한 대부분의 어려운 상황은 대체로 혼란한 생각과 무지, 그에 따른 부정적 말에서 비롯된다.

심지어 인간의 성공과 질병 등 모든 일들조차도 인간 각자가 과거 생각한 결과물이라고 붓다는 말하였다. 감각 기능은 몸의 기능이 아니라 의식의 기능으로서 물리적인 병은 실은 부정적인 신념체계의 결과요 몸은 그 신념 패턴이 바뀌면서 변화를 받는 것이다.

믿음을 가지고 영적인 길을 따름으로써 인류에게 알려진 거의 모든 병이 치유되는 일은 흔히 있는 것으로 모든 것은 마음먹기에 달린 것이다.

"모든 지킬 만한 것 중에 더욱 네 마음을 지키라 생명의 근원이 이에서 남이니라."는 성경말씀, '일체유심조', '정신일도하사불성', '지성이면 감천' 등이 그러한 뜻이다.

최근 양자물리학자들은 전 우주가 '생각'에서 비롯되었으며 '정신'이 없으면 우주는 존재할 수 없고, 정신은 그것이 인식하는 대상을 실체로 만들어 낸다고 이야기한다.

마음으로 가장 많이 생각하는 그대로가 곧 그 사람의 모습이 된다는 것이다. 행복한 일을 생각하면 행복해진다. 애처로운 생각을 하고, 그런 말을 하고 그러한 노래를 부르면 애처로워진다. 아프다고 생각하면 병에 걸리고 만다. 비참한 생각을 한다면 비참한 인생이 운명처럼 뒤따를 것이다.

좋은 일을 생각하면 좋은 일이 생기고 나쁜 일을 생각하면 나쁜 일이 생긴다.

인생은 온종일 생각하고 있는 바로 그것이다. 그러므로 우리는 성령의 도움을 받아 좋은 비전과 생각을 가질 수 있도록 말씀을 읽고, 듣고, 묵상하고, 기도해야 한다.

그래서 선명한 이미지를 마음 속으로 지속적이고 흔들림 없이 품고 있으면 그 이미지를 서서히 각자에게로 끌어들일 수 있다. 각자가 되고 싶은 인간이 될 수 있는 것이다. 어떤 생각을 집요하게 품고 있으면 그것이 본인의 성격, 건강, 환경에 절대적인 영향을 미치게 된다.

시바난다는 "인간은 생각의 씨를 뿌리고 행동을 수확하며 행동의 씨를 뿌리고 습관을 수확한다. 습관의 씨를 통해 성격을 만들고 성격을 통해 운명을 수확한다"고 말했다.

마음에 뿌린 생각의 씨앗은 그 속에 뿌리를 내리고 곧 행동이라는 꽃을 피워 기회와 환경이라는 열매를 맺는다. 좋은 생각은 좋은 열매를 맺고 나쁜 생각은 나쁜 열매를 맺는다.

성공학의 아버지 제임스 알렌은 「위대한 생각의 힘」에서, 좋든 나쁘든 어떤 생각을 계속하면 반드시 그에 따른 인격과 환경이 만들어진다고 기술하고 있으며, 우리가 품은 생각 그대로의 결과가 우리 손안에 쥐어질 것이며 뿌린 대로 거둘 것이며 그 이상도 이하도 아니라고 단언하고 있다.

붓다도 "현재 우리의 모습은 과거에 우리가 했던 생각의 결과다."고 하였다.

실로 우리의 마음 속에 어떤 생각이나 아이디어를 품고 있기만 해도 그 자체로 상당한 에너지를 끌어당기고 물리적 차원에서의 그러한 성과를 만들어 낸다.

무엇이든 처음에는 소망하는 것에 대한 의식화가 앞서고 그다음에 그것의 물질적 현시가 뒤따르게 되는 것이다.

이것은 하나님이 말씀으로 인간을 창조하셨듯, 하나님의 형상을 따라 지음 받은 인간에게로 온 창조적인 실체가 생각과 말이라고 표현될 수 있을 것이다. 마음에서 일어나는 생각들이 외부로 드러난 것이 바로 인간의 삶 자체인 것이다.

성공한 사람들은 하나같이 성공한 자신의 모습을 리얼하게 상상했고 열정적으로 긍정의 생각을 즐겼다. 건축가가 건물을 지을 때 먼저 설계도를 그리듯 성공하기 위해서는 먼저 성공한 모습을 상상하고 생각해야 한다.

우리는 항상 건강, 부요, 기쁨, 감사만을 생각해야 하며, 빈곤을 받아들이고 질병을 감수하는 것은 생각의 힘을 믿지 않거나 믿음의 부족을 고백하는 것에 다름 아니다.

일찍이 건강과 물질적 풍요를 누리는 사람들은 의식적으로든 무의식적으로든 끊임없이 건강과 부에 관해 생각하였고 그와 상반되는 생각은 마음에 들어오지 못하도록 막았다. 이는 긍정적인 생각과 믿음이 그러한 결과를 낳고 부정적인 생각과 믿음이 마찬가지의 결과를 낳는다는 동서양의 진리와 상통하는 것이다.

만일 우리가 항상 좋은 생각과 믿음으로만 자신을 채울 수 있고, 그것을 지속적으로 컨트롤할 수만 있다면 어떤 좋은 일도 이룰 수 있고 어떤 나쁜 일도 막을 수 있다. 그것이 부나 권력, 명예에 관한 것이건, 아니면 건강이건, 혹은 죽음의 문제일지라도 마찬가지다.

하루 중 가장 많이 생각하는 지배적 생각이 물질을 끌어당긴다. 인류의 모든 발전 과정이 그러하듯 처음에는 어느 고독한 몽상가의 상상이 결국 지금의 문명을 이룩한 것 같이 우리는 마음으로 원하는 것을 상상하고 그 생각이 마음에 가득하게 할 수 있다면 그것이 자신의 인생에 현현되게 된다.

그러나 지속적인 생각으로 끌어당기지 않는 한 무엇도 우리 인생에 나타날 수 없다. 생각하고 소망하고 구한 것은 이미 받았다고 생각하고 믿고 말하고 행동하며 '느껴야' 한다. 그래서 이미지를 연상시키고 확신을 더해주는 기도를 쉬지 말고 해야 하는 것이다.

나폴레옹은 "성공을 위해선 먼저 성공한 모습을 상상해야 한다."라고 말했다.

우리의 기도하는 행위도 소망에 믿음을 더하는 행위

이자 성공한 모습을 상상하고 생각하고 느끼는 행위다.

사람들이 원하는 것을 얻지 못하는 이유는 원하는 것보다 원하지 않는 것을 더 많이 생각하기 때문이다. 우리는 원하지 않거나 두려워하는 대상에 집중하는 방식에서 원하는 대상에 집중하는 방식으로 생각을 바꿔야 한다.

행복을 결정짓는 좋은 생각의 근본 요소 중 하나는 하나님과 하나된 자아 긍정 곧 자신감을 갖는 것이다. 회의적이고 비판적인 태도는 두려움에서 생기고 주어진 정보를 낙관적으로 받아들이는 태도는 자신감에서 생긴다. 자신감은 정신 건강의 척도이다.

스스로 가치 있고 사랑받을 만한 존재라는 생각과 확신을 가질 때 자신감이 생기며 비로소 삶의 기쁨과 행복이 충만하게 된다.

정신의학계의 이론에 따르면, 인간을 짓누르는 대부분의 정서장애는 자기 가치의 부재 즉 건전하지 못한 자기정체성 때문이라고 한다.

그러나 그와 같은 자기 가치의 부재는 신에 대한 기도와 믿음을 통해 스스로 찾아낸 비전과 소망을 가슴에 지닌 채 그것에 도달하고자 하는 거룩하고 위대한 자기정체성의 확립을 통해 치유될 수 있다고 저자는 확신한다.

위와 같은 건전한 자기정체성 확립을 위해서는 스스로에 대하여 믿음과 축복, 신뢰와 격려, 인정과 칭찬을 해 주어야만 한다.

회의적이고 부정적인 생각이 들 때 빨리 그 생각을 그치고 의도적으로 기분을 고조시키는 좋은 생각으로 채워야 한다. 하나님에 대한 믿음, 아름답고 긍정적인 음악, 장엄한 자연, 미래의 멋진 자신의 모습으로 마음을 채우고 생각을 전환해야 하는 것이다.

"인생은 쉬워, 정말 장엄하고 멋진 일이야. 하나님이 나를 눈동자처럼 지켜주시고, 보호해 주시며, 모든 것을 주관하고 계셔. 내게는 좋은 일만 일어나"라고 외치는 자기와의 대화, 기도, 신과의 대화를 쉬지 말고 해야 한다. 그렇게 되면 그것은 어느새 믿음이 되고 나아가 그것은 결국 모든 것을 물질화시키는 '앎'의 단계에 도달하게 된다.

저자는 세상의 자기계발서들을 많이 읽었으나, 자신을 믿어야 한다느니 자존감을 가져야 한다느니 절대긍정이라는 등의 인본주의적 내용들을 받아들이기 어렵다. 앞서 말한 바와 같이 인간은 죄의 종으로 인간의 마음 속에는 스스로 좋은 것들이 나오지 않기 때문에 그 모든 좋은 생각들을 갖기 위해서는 땅의 것이 아닌 위의 것을 신의 능력에 의지하여 구하고 찾고 두드려서 얻어야 하는 것이다.

그 때문에 말씀과 기도를 통해 믿음, 소망, 사랑, 기쁨, 감사 등이 충만해질 수 있도록 구하고, 그 결과인 하나님과 동행한다는 자기신뢰를 거쳐 인간 생존의 최종 목표인 행복에 도달하여야 한다.

계속하여 우리가 하나님을 신뢰한다는 결정적인 증

거 중 하나는 마음의 평온이다. 평온은 흐트러지지 않는 마음이고 절대적인 자신감이며 의식적인 힘이다.

평온 또는 평정심이라 일컫는 고매한 인격은 깨달음이나 거듭남 이후의 삶이 하나님에 대한 순종, 무위자연으로 행해질 때 나타나는 **'겸손과 같이 인간의 삶에서 가장 찾아보기 어려운 자질'**이다.

그것은 「장자」외편의 목계지덕으로서, 오랜 세월동안 자제심을 발휘하여 인내하고 노력한 결과로 얻게 된 값진 대가다.

부정적인 번뇌에 사로잡힐 때 그것을 떨쳐버리고 긍정적인 생각과 믿음으로 영혼을 채우는 매번의 노력은 결국 영적인 성숙을 가져와 마음의 평온을 유지시키는 힘을 자리 잡히게 만든다.

현명한 솔로몬 왕이 자신이 의기소침해져 있을 때 기운을 북돋아 줄 수 있고 너무나 행복할 때는 냉정하게 만들어 줄 수 있는 마법의 반지를 만들어달라고 보석 세공인에게 부탁했다. 보석 세공인은 왕의 부탁대로 반지를 만들었는데 그 반지 위에는 히브리어 단어 세 개가 조각되어 있었다.

'gam zu ya'avor' -이것 역시 지나가리라.

평온함과 평정심을 위해 우리가 항상 취하여야 할 태도는 이 세상은 영원한 것이 없기에 승리했다고 너무 도취되지 않아야 하고, 실패했다고 너무 좌절해 하지 않아야 한다는 것이며, 과거를 기억이 아니라 지난 것들에 대한 **'해석이자 감사'**로, 미래는 예측이 아니라 다가올 것들에 대한 **'희망적 상상이자 기도'**로 볼 수 있는 능력이다.

위와 같은 평온함은 우리를 지속적이고 영속적인 행복의 상태로 유지시켜 줄 것이다. 우리의 삶에서 벌어지는 모든 일, 모든 경험, 모든 관계는 항상 나의 내면에서 일어나는 마음의 풍경을 반영한 거울이기 때문이다.

· 좋은 말

　말은 마음의 초상이며 생각이 밖으로 나온 결과다.
인간이 동물과 다른 점은 말을 할 줄 안다는 것이며,
인간이 가진 능력 중 말처럼 중요한 도구는 없다.
　말이란 대단히 위력적이어서 생각과 행동을 동시에
불러일으키고 감정과 지력을 동시에 자극하기도 하
며, 그 자체로 이미지를 그리게 하여 상대의 마음을
파고드는 압도적인 힘을 지니고 있다.
　하나님도 말씀으로 만물을 창조하였듯이 세상에서
가장 절대적인 힘을 지닌 것이 바로 말이라고 할 수 있
다. 인간이 생각하고 말을 하면 산도 뚫고 바닷속에도
터널을 만들며, 공중에도 올라가고 우주도 비행한다.
　고층 빌딩, 잠수함, 레이더, 비행기조차도 누군가의
깊은 사고와 디자인화 된 말의 산물이어서 실로 생각
은 말로 표현되면 물질을 창조하는 힘을 지니고 있다

고 하겠다.

"할 수 있다. 하면 된다.", "나는 건강하다.", "나는 부요하다."는 등의 긍정적인 말을 자꾸 하게 되면 그 말은 무의식의 영역에 저장되어 무의식과 뇌간에 점령된 말은 결국 행동을 낳으며 그에 맞는 환경과 물질을 만들어 내고야 만다.

그러므로 행복하고 싶다면 행복한 생각을 하면 되고, 또한 행복한 말을 하면 된다.

행복해서 "행복합니다.", "감사합니다.", "사랑합니다."라는 말을 할 수 있겠지만, 그러한 말을 함으로써 그와 같은 기분과 감정을 느낄 수 있다는 것이 이미 언어, 심리, 정신의학 등에서 통계로 증명된 사실이다.

일본에서 파동분자이론을 정립한 저명한 「물은 답을 알고 있다」의 저자 에토우 마사루 박사는 "감사합니다.", "사랑합니다."라는 긍정과 "망할 놈", "미워해" 등의 부정적 말과 글에 물분자가 즉각적으로 아름다운 육각 결정체로 변하거나 파괴적이며 추한 결정체로 반응한다는 사실을 발견했다.

70%가 물인 우리 몸이 하고 듣는 말에 의해 얼마나 큰 영향을 받을 것인지는 가히 짐작이 가고도 남을 일이다.

그처럼 성공하는 사람들의 공통점도 그의 말하는 습관에 있다. 그들은 하나같이 부정적인 말을 함부로 내뱉지 않는다. 우리는 부정적인 말을 하지 말고 항상 긍정적인 말을 해야 한다.

모든 사회적 관계에서 성패의 열쇠는 자기의 입에 달려 있다. 성경에는 "너희 말이 내게 들린 대로 내가 행하리라.", "죽고 사는 것이 혀의 권세에 달렸나니 혀를 쓰기 좋아하는 자는 혀의 열매를 먹으리라."라고 되어 있고, 우리 속담에 "말이 씨가 된다."고도 한다.

우리는 언제나 믿음의 말, 희망과 소망의 말, 사랑의 말, 감사의 말, 기쁨의 말을 하여야 한다. 언어는 각인력, 견인력, 성취력이 있어서 그가 시인한 대로 이루어지는 경향이 있기 때문이다.

어느 대뇌학자는 뇌세포의 98%가 말의 지배를 받는다고 발표하였다. 구체적으로 우리가 사용하는 말에는 크게 위 세 가지의 능력이 있으며, 말은 뇌에 각인되어 신체에 영향력을 행사하고 실제로 성취된다는 것이다.

우리가 말을 하면 그것이 뇌에 박히고 뇌는 척추를 지배하고 척추는 행동을 지배하기 때문에 자신이 말하는 것이 뇌에 전달되어 자기 행동을 이끌게 된다는 이치이다.

말도 에너지로서 내뱉은 대로 끌어당기는 힘을 지니고 있고 성취력이 있으므로 말은 반드시 세운 목표를 달성하게 한다.

젊은 청년이 노만 빈센트 필 박사에게 찾아와서 이렇게 물었다.

"박사님, 어떻게 하면 세일즈를 잘할 수 있을까요?"

그때 노만 빈센트 필 박사가 조그만 카드를 꺼내더니 그 청년에게 자기가 하는 말을 받아 적으라고 했다.

"나는 훌륭한 세일즈맨이다. 나는 세일즈 전문가다. 나는 모든 준비가 되어 있다. 나는 프로다. 내는 내가 만나는 고객을 나의 친구로 만든다. 나는 즉시, 행동한다."

필 박사는 청년에게 그 카드를 갖고 다니면서 되풀이해 읽도록 했다. 그렇게 반복하는 사이 기적이 일어났다. 자신에 대한 긍정적인 말과 글이 그 청년을 유능한 세일즈맨으로 바꿔버린 것이다.

이처럼 소원이나 기도 제목을 종이에 쓰면 반드시 이루어진다고 한다. 이것은 고대 이집트인들의 오래된 믿음이고, 현재까지 전해 내려오는 신비다. 글로 목표를 기록하고 나면 무의식적으로 두뇌는 목표를 달성하는 쪽으로 움직인다고 한다.

헨리에트 앤 클라우저의「종이 위의 기적 쓰면 이루어진다」에 의하면, 우리가 꿈을 종이에 쓰는 것만으로도 자기의 소망이 보다 명확해지고 꿈을 실현하기 위한 신호, 우연, 찬스 등을 더 잘 볼 수 있으며 더 잘

끌어온다고 한다. 즉, 꿈을 종이에 적으면 뇌는 우리가 그 꿈을 이루는 것을 보기 위해 평소보다 빠르게 활동하며 또한 그 꿈을 자기화시켜 잠재의식이 실현을 자석처럼 끌어온다고 한다.

이것은 미국에서 일어난 실화다. 어느 결혼을 앞둔 여인이 자신은 꼭 개인 소유 비행기를 가진 남자와 결혼을 하겠다고 결심하고 그것을 종이에 적었다. 기적이 일어났다. 자신의 소망이 그러하고 종이에 적었다는 사실을 그 누구에게도 알린 일이 없었음에도 며칠 후 어느 남자가 나타나 자신의 아버지가 매우 부자여서 자신에게 경비행기도 주었기에 자신과 결혼해 주면 자가용 비행기로 여행도 할 수 있다는 것이었다. 종이에 쓰면 이루어진다는 것이 사실로 증명된 것이어서 그 여인은 전율을 느꼈고 소름이 돋았다. 결국 두 사람은 결혼하였다.

이처럼 말과 함께 글도 각인력, 견인력, 성취력이 있어 소망에 대한 근심을 묶어두고 신을 내 편으로 만들 수 있는 위력이 있다고 보인다.

그래서 우리는 자신에게 뿐 아니라 다른 사람들을 만나면 긍정의 말, 희망의 말 그리고 그러한 글로써 축복을 빌어줘야 한다.

정신의학적으로 보면 우울하다, 불행하다, 죽고 싶다는 등의 말을 하다 보면 그것이 마치 사실인 양 생활 전반에 걸쳐 하나의 패턴을 형성하게 된다고 한다. 중추신경이 부정적인 무드에 휩싸이기 때문인데 이것이 바로 습관성 우울증의 보편적인 형성 과정이라고 한다.

생각을 지배하는 것은 말이다.

의식적으로라도 끊임없이 긍정의 말을 하다 보면 뇌는 그것을 사실로 받아들여 우리의 생각도 긍정적이고 밝아지게 되는 것이다.

의도적으로 "나는 행복해."라고 말을 하면 몸에 유익을 주는 행복 호르몬이 분비된다고 한다. 즉, "아, 기분 좋다!", "나는 건강하다!", "난 예쁘다!"라고 여러

번 반복하다 보면 진짜 그렇게 기분이 전환됨을 느낄 수 있고 그 기분은 유유상종과 같은 물질을 끌어들여 각자를 보다 높은 차원의 행복으로 이끈다.

"사랑합니다. 감사합니다. 당신이 있어 행복합니다. 고맙습니다. 당신이 최고입니다. 수고하셨습니다."의 단어는 듣기만 해도 사람들에게 활기를 주고 웃음을 주고 넘치는 에너지를 준다.

아라비아 속담에 이런 말이 있다.

"참된 말이란 언제, 어느 때, 어느 곳에서든 조심스럽게 심사숙고한 뒤 입 밖으로 나오는 것이다. 당신이 무슨 말을 하든 그 말은 침묵보다 가치 있는 것이어야 한다."

또 프랑스 속담에는 이런 말이 있다.

"사실을 지적받는 것만큼 뼈아픈 일은 없다."

우리는 불평, 불만의 말, 지적하는 말, 추하고 더러운 말, 남을 험담하는 말 등은 입 밖에도 내지 않도록 조심하고 노력해야 한다.

사람들이 제일 듣고 싶어 하지 않는 말은 자기 자신을 칭찬하거나 누군가를 비판하고, 지적하고, 비방하는 말이며 더럽고 추하며 누군가를 원망하고 욕하는 말이다. 반대로 사람들이 가장 듣고 싶은 말은 겸손한 말이고 감사하는 말이고, 선한 말, 희망과 소망의 말, 사랑의 말, 칭찬과 인정의 말, 신뢰의 말 등이다.

　분명한 사실은 성공을 말하고 종이에 쓰면 그것이 현실이 되고, 행복을 말하고 종이에 쓰면 그것이 현실이 된다.

III 행복

지금까지 살펴본 바와 같이, 순간순간 삶을 스쳐 지나가거나 견디며 살아가는 것이 아니라 진정으로 감사함으로 깨어서 존재함을 인식하면서 살아간다는 것은 삶의 의미를 이해한다는 것이며, 그것은 행복의 의미를 깨닫는다는 것이자 한 인간이 정신적으로 성숙한 단계에 도달했다는 것을 뜻한다.

　그것은 오랜 시간이 걸리는 발전 과정을 통한 최종 결과물인 하늘과 맞닿는 열매를 수확하기 시작했다는 의미이자, 자신의 삶을 자신의 것만으로 보지 아니하고 무엇인가에 이바지할 수 있는 의미 있는 그 무엇으로 볼 수 있다는 것을 뜻하며, 항상 깨어 있는 의식으로 살아간다는 것을 뜻한다.

　따라서 행복의 추구는 고귀한 인간의 노력이며 다른 어떤 것에 못지않은 가장 소중한 가치다.

나아가 행복은 인간의 개인적인 관심사를 훨씬 뛰어넘는 인간에게 부여된 의무이다.

　진정 행복한 사람은 스스로 자신의 실존적 인격을 지지하며 남들이 자신보다 더 행복하리라는 착각을 버린 사람으로서 남을 섬기는 방법을 안 사람이다.

　톨스토이는 "인간의 의무는 다른 사람의 삶을 위해 사는 것이다."라고 말하였고, 프랑수아 플로르는 행복에 대하여 "행복이란 타인을 행복하게 하는 것이다."라고 말하였다. 다시 말해 행복이란 타인과의 상호보완의 관계 속에서 다른 사람을 행복하게 하는 것을 말한다는 것이다.

　어느 심리학 교수팀에서 행복에 대한 실험을 했는데, 같은 돈을 주고 A그룹은 자신들을 위해 그 돈을 사용하게 하였고, B그룹은 타인을 위해 그 돈을 사용하게 한 결과 자신을 위해 신발을 사고 물건을 사는 등 행동을 한 A그룹보다 타인을 위해 그것을 사용한 B그룹의 사람들이 더 큰 만족감을 얻었고 행복지수가 높아졌음을 밝혀내었다.

이것은 "주는 자가 받는 자보다 복이 있다."는 예수님의 말씀과 같이, 줄 수 있어 얻게 되는 행복감이 받을 때의 행복감보다 크다는 것을 증명한 것이다.

행복이란 삶이 생활양식과 평화롭게 조율된 상태이므로 결코 한 개인에 의해, 혼자의 힘으로, 그 자신을 위해 만들어낼 수 없다. 그것은 이기적이지 않은 삶에서 나온 부산물인 것이다. 따라서 자신의 행복을 삶의 유일한 목표로 삼았을 때는 누구도 그것을 성취할 수 없다. 행복이란 나의 내면의 것이지만 마치 입맞춤과도 같아서 다른 사람을 통하지 않고서는 얻을 수 없는 그 무엇인 것이다.

또한 '**행복은 감사하는 마음이다.**' 사랑이 의지적 행위이듯 행복도 우리가 저절로 느낄 수 있는 감정이 아니라 '**의식적으로 내리는 선택**'이다.

행복의 幸자는 양이 땅을 머리에 이고 있는 모습으로 양이 풀이 자라는 땅에 감사한다는 의미이다. 결국 행복은 감사할 때 복이 온다는 뜻이 된다.

가지지 못한 것에 대해 불평할 때 남과 비교할 때 불행이 시작된다. 행복하고 싶다면 이미 갖고 있는 것에 감사하라. 소소한 것도 상관이 없다. 지금 가진 것 모두를 감사하게 된다면 더 좋은 감사거리가 분명히 모습을 드러낼 것이다.

나아가 행복은 다른 사람을 행복하게 만들어 줄 때 그 과정에서 스스로에게 충만하게 되는 만족, 기쁨, 평화, 하나의식 그것이다.

행복은 자신을 위한 성과나 목표 달성이 아니라 진정한 기쁨과 내적 즐거움의 원천인 행복은 다른 사람을 행복하게 해주는 노력과 과정 그 자체에 있는 것이다.

우리가 이 세상에서 할 수 있는 가장 위대한 일은 상대방의 내면의 아름다움을 발견하여 인정과 격려로 그것을 다져주어 그에게 있는 행복을 일깨워주고 북돋우어 주는 것이라 할 수 있다.

"사람이 홀로 사는 것이 좋지 아니하니 내가 그를 위하여 돕는 배필을 지으리라 하시니라."라는 성경말씀과 같이, 하나님께서 아담과 하와를 지으신 것도 사람이 혼자서는 행복을 만들어내지 못하기 때문이었을 것이다.

칼 힐티는 행복에 대해 이렇게 썼다.

"사람의 행복이란 세 가지다. 첫째는 서로 그리워하는 것이며 둘째는 서로 마주보는 것이고 셋째는 상대편에게 자신을 주는 것이다."

예수님이 그러셨던 것 처럼, 쉘 실버스타인의 「아낌없이 주는 나무」와 같이, 세상을 위해 누군가를 위해 사랑을 주고 행복을 주는 것이 자신의 행복을 찾는 유일한 길이다.

그리고 인생에서 무엇보다 중요한 것은 지금 현재 행복을 느끼며 살아야 한다는 명제다.

성공한 행복한 사람은 분명 성공으로 인해 더 행복해졌겠지만 성공을 거두기 전부터 이미 감사하고 기뻐하고 행복했던 사람들이었기에 그와 같은 것을 이어서 받은 것뿐이며, 반대로 성공을 거두기 전부터 불행했던 사람들은 비록 성공을 거두어도 여전히 불행하거나 더욱 불행한 삶을 살게 된다. 왜냐하면 성공은 성공이고 행복은 행복일 뿐이기 때문이다.

헬렌 캘러는 이렇게 말했다.

"많은 사람들은 진정한 행복에 대해 잘못 생각하고 있다. 진정한 행복은 자기만족에서 얻어지는 것이 아니라 가치 있는 삶을 위해 진심 어린 마음으로 행동함으로써 얻어지는 것이다."

행복이란 목표의 달성이나 환경의 변화에 있지 않고 어떠한 처지에서도 자신과 타인을 위해 해야 할 일에 최선을 다하며 그 과정 속에서 매 순간 행복의 진정한 의미를 발견하고 유지시켜 나가는 사람들의 것이라고 할 수 있다.

사람의 욕심은 언제나 자기에게 부족한 것만을 생각하게 하고 다른 사람의 부족을 배려하지 못하게 만든다. 그래서 욕심을 쫓아서 살아가는 사람은 나누는 삶의 달콤함이라는 행복을 누리지 못하고 살아간다.

작은 것이라도 다른 사람에게 베풀 줄 아는 사람만이 진정한 행복을 누리는 사람이다.

이 책이 찾고자 했던 결과물인 행복을 찾은 사람은 얼굴 표정과 행동에서 내면적인 품위와 인격과 사랑이 묻어나오고 다른 사람에게 행복을 주는 사람이 될 것이다.

다른 사람을 **'사랑할 수 있다는 것'** 내가 다른 사람에게 **'행복이 되어줄 수 있다는 것'** 그것이 바로 이 책에서 말하고자 했던 행복이기 때문이다.

마지막으로, 돈 즉 물질의 넉넉함이 반드시 인간의 행복으로 이어지는 것이 아니기에 물질에 대하여는 이 책에서 다루지 않으려고 하였으나, 현재 우리가 살고 있는 세상은 물질이 신과의 경쟁 상대라도 된 듯 우상으로 섬김을 받고 있다.

저자는 「부의 법칙」, 「부의 비밀」 등 부와 관련된 책을 많이 읽었으나 그러한 책들에서는 부를 불러들이는 생각, 부를 이루는 기술, 수단이나 방법 등에 대하여는 각자 나름대로 자세한 설명을 해주고 있었지만, 정작 부의 목적, 사용 방법과 시기 등 부의 원칙이나 운용 방식 등에 대한 원리를 제시해주는 책은 발견할 수 없었다.

저자가 앞서 **'사랑'** 부분에서 언급한 성경말씀에서 나아가 하나님은 우리에게 "너희가 거저 받았으니 거저 주라."고 가르치고 있다.

실로 물질이란 **'사랑과 감사를 전달하는 수단'**에 불과하며 따라서 저자의 물질에 대한 사실적 인식도 **"주는 것이 물질을 다루는 나의 계획이며 나의 경제 원칙이다."**이다.

주기도문에도 "일용할 양식을 주시옵고"라고 되어 있어 미래를 위하여 돈을 축적하지 말고 하나님께서 주시는 물질을 하나님의 청지기로서 그날그날 선용하며 베푸는 삶을 살라고 가르치고 있다.

청지기가 마치 자신이 그 물질의 주인인 것 처럼 생각하여 사욕을 부리거나 과시를 한다면 하나님께서는 그에게 더 이상 그러한 물질을 맡기지 않으실 것이다.

신은 우리에게 필요한 물질을 무한대로 공급해 줄수 있는 전능한 존재이고 우리는 그것을 축복으로 받아 가두어 두지 말고 다만 착한 일, 선한 일에 흘러나가게 해야 하는 존재라는 것을 명심해야 한다.

특히 물질에 대하여 우리가 분명히 알아두어야 할점은 물질을 구제와 선한 나눔으로 사용하되, 반드시오른손이 하는 일을 왼손이 모르게 해야 한다는 점이다. 그것은 베푸는 자가 하나님의 청지기 내지 배달부라서 그렇기도 하지만 더 중요한 것은 그가 자신의 구제와 섬김을 알리거나 과시하는 순간 그는 이미 타인으로부터 상을 받은 것이기 때문에 더 이상 하나님은그것을 그에게 되갚아줄 필요가 없기 때문이다. 참다운 구제와 섬김은 보답에 대한 생각 없이 남에게 유용하게 되려는 고상한 욕망인 것이다.

또한 중요한 것은 자신에게 물질이 부족하여 전혀 베풀 수 있는 여력이 없을 때 그때가 바로 더욱 베풀어야 하는 시점이라는 것이다.

"가난한 자를 불쌍히 여기는 것은 여호와께 꾸어드리는 것이니 그의 선행을 그에게 갚아 주시리라.", "너희중 지극히 작은 자에게 한 것이 내게 한 것이다."라고 성경에 기록되어 있을 뿐만 아니라, 밀가루 한 줌과 기름 몇 방울이 전부이던 과부가 하나님의 엘이야 선지자에게 그것을 베풀었을 때 밀가루와 기름이 떨어지지 않는 기적이 일어났기 때문이다.

조선시대 박제가의 「북학의」도 "재물이란 우물과 같다. 퍼 내면 차게 마련이고 이용하지 않으면 말라 버린다."라고 하여 물질이 축적이나 과시의 수단이 아니라 적정히 선용될 때만 개인이나 국가가 더욱 부요하게 될 수 있음을 이미 밝힌 바 있다.

언제나 하나님은 위와 같은 우리의 행위와 필요를

아시고 100배의 축복으로 되돌려 주신다는 것을 믿어야 한다.

끝으로, 물질에 대하여 우리가 오해하지 않아야 할 점은 예수님은 원래 부요하신 분이나 우리를 위하여 자발적 가난을 선택한 분이었으나, 결코 가난하지 않았으며 실제 부요한 삶을 살았다는 점이다.

예수님의 탄생 때 동방박사가 가져왔던 예물인 황금과 유향과 몰약이 오늘날 가치로 약 400억 원이나 된다는 통계가 있고, 3년 공생애 기간 사역을 하시는 동안의 모든 비용도 헤롯왕의 재무장관 아내 등이 예수님을 따라다니며 지급을 해주었음이 성경에도 나타나 있다.

그러나 우리는 마치 예수님의 삶이 가난했던 것으로 오해하고 우리도 가난한 것이 미덕인 양 생각하고 살며 그렇게 메시지를 전달하는 성직자들도 있는 듯 하나, 그것은 지금까지 우리가 잘못 배워왔고 마귀(가난의 영)에게 속고 있었던 점이다.

성경말씀과 같이 우리는 자녀를 아름답게 꾸미고, 선한 일을 더 많이 할 수 있도록 부자가 되어야 하며 또한 부자가 될 수 있다.

재정적으로 안정된 생활이란 하나님께서 우리의 필요를 채워주심을 믿고 사는 삶으로서, 물질이 되었건 어떠한 것에 대한 것이든 염려는 신에 대한 불신이며 거역적 행위다. 우리가 오직 꾸어주고 나누어 주기를 꾸준히 실행하면서 하나님 나라와 그 나라의 의를 구할 때 우리는 원하는 만큼의 부자가 될 수 있다.

하나님도 역시 우리가 부자가 되기를 바라고 있다. 그것은 우리가 많은 것을 가지면 그만큼 우리를 통해 하나님이 자신을 한층 더 풍부하게 표현할 수 있게 되기 때문이다.

"그러므로 염려하여 이르기를 무엇을 먹을까 무엇을 마실까 무엇을 입을까 하지 말라. 이는 다 이방인들이 구하는 것이라. 너희 천부께서 이 모든 것이 너희에게 있어야 할 줄을 아시느니라. 너희는 먼저 하나님 나라와 그 나라의 의를 구하라, 그리하면 이 모든 것을 너희에게 더하시리라."라는 성경말씀은 우리가 우리의 필요를 얻기 위해 먼저 해야 할 것이 있고, 그것을 하고 나면 나머지 모든 필요는 저절로 더해진다는 뜻이다.

매슬로우는 인간의 욕구(**Desire, 신으로부터 온 것**) 5단계 이론을 제시했는데, 인간의 욕구는 위계적인 피라미드 구조(생리적 욕구, 안정의 욕구, 애정과 소속의 욕구, 존경의 욕구, 자아실현의 욕구)로 되어 있으며 하위단계의 욕구충족이 상위계층 욕구의 발현을 위한 조건이 된다는 인본주의적 이론이다.

그러나 지금까지 살펴본 바와 같이, 위 이론은 하나님의 말씀과 상반된 것으로서 받아들이기 어렵다. 우리는 먼저 땅의 것이 아닌 위의 것인 하나님 나라와 그 나라의 의를 구하여야 하며 그것이 자아실현이라는 목표와 연결될 때 그 외의 나머지 것들은 순차적으로 저절로 주어지게 되며 우리의 모든 욕구가 채워지게 되는 것이다.

매슬로우 자신도 만년에 자신의 이론이 잘못되었으며 욕망의 피라미드를 거꾸로 해야 했었다고 인정하였다고 한다.

지금까지의 물질에 대한 위와 같은 저자의 진술은 관념으로서 아는 것이 아니라, 저자가 직접 경험으로 증명해낸 것이다. 의심을 버리고 믿음을 가진 채 담대하게 행동만 해준다면 누구나 원하는 만큼의 부자가 될 수 있다.

이제 이 책의 여정을 마무리하면서 나는 후일 다음과 같은 글을 내 인생의 마지막에 남기고 싶다.

인생은 처음과 끝을 잇는 일 나는 그동안 나같이 외롭고 소외되고 가난하고 불쌍한 사람들이 없는 세상을 위해 노력했고 온 힘을 다했고 전심을 바쳐왔다. 그것은 결국 나를 위한 것이었기 때문에 너무나도 행복한 삶을 살았고 행복한 꿈을 이루어 내었다. 이제 나는 돌아간다. 어릴 적 나를 키우고 나와 같이 살다간 나의 아버지 나의 어머니에게... 저절로 웃음이 난다. 다음에는 무엇이 되고 싶고 하고 싶은 것이 없다... 다 해봤으니 말이다.

-「행복에의 모든 것」 저자 김기용

오늘은 일찍 집에 가자

시인 이상국

오늘은 일찍 집에 가자
부엌에서 밥이 잦고 찌개가 끓는 동안
헐렁한 옷을 입고 아이들과 뒹굴며 장난을 치자
나는 벌서듯 너무 밖으로만 돌았다

어떤 날은 일찍 돌아가는 게
세상에 지는 것 같아서
길에서 어두워지기를 기다렸고
또 어떤 날은 상처를 감추거나
눈물 자국을 안 보이려고
온몸에 어둠을 바르고 돌아가기도 했다

그러나 이제는 일찍 돌아가자

골목길 감나무에게 수고한다고 아는 체를 하고

언제나 바쁜 슈퍼집 아저씨에게도

이사 온 사람처럼 인사를 하자

오늘은 일찍 돌아가서

아내가 부엌에서 소금으로 간을 맞추듯

어둠이 세상 골고루 스며들면

불을 있는 대로 켜놓고

숟가락을 부딪치며 저녁을 먹자

맺으며

이 시대는 물질적 측면뿐만 아니라 영적인 측면에서도 새로운 세상이 도래하고 있다.

바야흐로 이 시대는 지성의 시대에서 감성으로, 감성에서 영성의 시대로 진입하였다.

모든 사람이 각자가 도야한 인격과 영성에 따라 평가를 받고 모든 것이 그에 비례하여 안분되고 충족되는 시대가 도래하고 있으며 그 모든 것이 완성될 것이다.

사랑으로 각자가 전체를 위해서 사는, 전체가 각자를 위해서 사는, 그리스도 의식이 가득한 세상으로 완성되어 가고 있다.

전생·현생·후생의 삼계를 모두 꿰뚫어 볼 수 있는 붓다의 관자재보살의 경지에 도달한 것으로 알려져 있는 다카하시 신지는「우리가 이 세상에 살게 된 7가지 이유」에서, 인도의 붓다, 이스라엘의 예수, 우리나라의 증산 등은 모두 천상계의 한 형제이고, 난해한 인생의 목적과 사명을 가장 알기 쉽게 설명한 빛의 천사들로서 지금도 우리 곁에서 우리를 돕고 있으며, 우리는 그들을 통해 절대자 신과 교통하고 있다고 한다.

정신적, 영적으로 진화하면 그에 걸맞은 아름답고 축복된 환경과 상황이 따라온다. 저자뿐 아니라 우리 모두는「행복에의 모든 것」을 통해 정신적, 영적 능력을 갖게 될 것이며, 언젠가 이 세상은 원시 공산사회보다 차원이 높은 만민평등의 사회로 발전되게 될 것이다.

왜냐하면 인류는 우리의 마음 속에 있는 신의 영적 잠재력을 스스로 깨닫고 행하게 될 날이 머지않아 오고야 말 것이기 때문이다.

칼빈의 예정설, 동서양 예언가들의 예언 등에 비추어, 미래를 예언할 수 있다는 것은 인간의 운명이 이미 설계되어 있음을 뜻하며, 그렇다면 우리는 아무런 근심, 걱정, 염려할 필요가 없다는 것이 된다.

세상의 거의 모든 자기계발 서적은 인간이 생각대로 살지 않으면 사는 대로 생각하게 된다고 하면서 마치 저희나 우리가 무엇을 인위적으로 해야 하고 또한 한다고 잘못 이해하고 있으나, 실상 우리에게 생각을 주시고 그 걸음을 인도하시는 분은 지극히 높고 경외로운 절대자 하나님이므로 우리는 '상선약수', '무위자연'과 같이 비가 오면 비를 맞고 눈이 오면 눈을 맞으며 매 순간순간을 기쁘고 감사하고 즐거운 마음으로 사는 대로 생각하면서 순종의 삶을 살아가야 함이 마땅하다.

결론적으로 이 세상은 모든 것이 합력하여 선을 이루도록 태초부터 하나님으로부터 연출되어진 장엄하고도 아름다운 한 편의 영화다.

그 배역이 무엇이 되었건 각자가 믿음, 소망, 사랑 안에서 기쁘고 감사하게 하나님과 끊임없는 기도의 교제를 통해 하나님의 뜻과 지혜, 만사형통의 길을 찾아 나가며 후회 없는 삶을 살아간다면 모두가 슈퍼스타다.

모든 사람은 행복하기 위하여 믿음, 소망을 간직한 채 서로 사랑하며, 정직과 인내, 겸손, 좋은 생각과 말을 통해 하나가 된 우리는 감사라는 그릇으로 통해 행복을 담으며 기도라는 제도를 통해 하나님을 만나고 하나님과 동행하며 영원을 살게 될 것이다.

"신의 창작집 속 모든 것이 고요하고 찬연한 시간 여기 수선화 그대여! 가장 아름답게 빛나는 불멸의 소곡으로 피었다가 지고 죽었다가 다시 살아 이제는 모든 것과 하나됨으로 마음껏 피어있다!" 끝.

2020. 6. 5. 저자 김기용

하늘 냄새

시인 박희준

사람이

하늘처럼

맑아 보일 때가 있다.

그때 나는

그 사람에게서

하늘 냄새를 맡는다.

【참고 문헌】

- 종교 경전[불경, 성경, 전경, 천부경]
- 고전[공자 저「논어」, 노자 저「도덕경」, 장자 저「장자」, 자사 저「중용」, 「대학」, 홍자성 저「채근담」, 추적 저「명심보감」, 박제가 저「북학의」]
- 오쇼 라즈니쉬 저「빈배」, 「깨달음이란 무엇인가」, 「내부로부터의 행복」
- 다마나 마하리쉬 저「나는 누구인가」
- 대행스님 저「인생은 苦가 아니다」
- 데이비드 홉킨스 저「의식혁명」, 「나의 눈」, 「의식수준을 넘어서」, 「호모스피리투스」, 「진실 대 거짓」
- 제임스 알렌 저「위대한 생각의 힘」, 「원인과 결과의 법칙」, 「생각의 지혜」, 「나를 바꾸면 모든 것이 변한다」, 「인생 연금술」, 「무엇을 생각하며 살 것인가」, 「생각하는 그대로」, 「생각을 바꾸면 모든 것이 변한다」, 「간절히 원하라 꼭 이루어진다」
- 우당 저「하늘의 소리로 듣는 지혜의 서」
- 대한예수교장로회총회 저「능력의 말씀 승리하는 생활」
- 홍일권 저「희망 플러스」
- 김환태 저「인생을 사는 지혜, 부하를 이끄는 지혜, 세상을 다스리는 지혜」
- 존 포웰 저「나는 왜 나 자신을 말하기를 두려워하는가」

- 바티스트 드 파프 저 「마음의 힘」
- 이승헌 저 「단학」, 「한국인에게 고함」, 「힐링 소사이어티」
- 릭 웨렌 저 「목적이 이끄는 삶」
- 정명섭 저 「우주 초염력」
- 레프 톨스토이 저 「참회록」, 「나의 신앙」, 「사람은 무엇으로 사는가」
- 에리히 프롬 저 「사랑의 기술」
- 정호승 저 「외로우니까 사람이다」
- 김현승 저 「김현승 시초」, 「옹호자의 노래」, 「견고한 고독」, 「절대고독」, 「마지막 지상에서」
- 이상국 저 「어느 농사꾼의 별에서」
- 박희준 저 「사람이 하늘처럼 맑아 보일 때가 있다」
- 러쳐드 칼슨 저 「우리는 사소한 것에 목숨을 건다」
- 샤론 샐즈버그 저 「행복해지고 싶다면 자신부터 믿으라」
- 마셜B. 로젠버그 저 「비폭력대화」
- 데이비드J. 리버만 저 「나에겐 분명 문제가 있다」
- 윌리엄 하블리첼 저 「생의 모든 순간을 사랑하라」
- 스펜스 존슨 저 「선물」
- 애덤 잭슨 저 「부의 비밀」
- 파울로 코엘료 저 「마법의 순간」
- 스티븐 핀커 저 「언어본능」
- 밀드레드 뉴먼, 버나드 버코윗치 저 「가장 사랑하는 친구」
- 헨리에트 앤 클라우저 저 「종이 위의 기적 쓰면 이루어진다」
- 칼 구스타브 융 저 「원형과 무의식」, 「인격은 어떻게 발달하는가」, 「분석심리학」, 「심리학과 종교」

- 안경희 저「나는 당신이 살았으면 좋겠습니다」
- 조창인 저「가시고기」
- 존 소프릭 저「부자의 언어」
- 디팩 초프라 저「완전한 삶」,「바라는대로 이루어진다」,「마음의 기적」,「성공을 부르는 7가지 영적법칙」
- 데일 카네기 저「인간관계론」,「걱정없이 사는 기술」,「인간관계의 기술」
- 앤서니라빈스 저「네 안에 잠자는 거인을 깨워라」
- 론다 번 저「더 시크릿」
- 핸리 클라우드 저「크리스천을 위한 씨크릿」
- 이지성 저「꿈꾸는 다락방」
- 모치즈키 도시타카 저「보물지도」
- 차동엽 저「무지개원리」
- 스티브 디거 저「긍정의 한 줄」
- 박웅현 저「여덟 단어」
- 채사장 저「지적 대화를 위한 넓고 얕은 지식」
- 다카하시 신지 저「우리가 이 세상에 살게 된 7가지 이유」
- 틱낫한「삶의 지혜」
- 찰스 해낼 저「성공열쇠」,「마음먹은 대로 된다」,「성공의 문을 여는 마스터키」
- 나폴레온 힐 저「나의 꿈 나의 인생」,「부와 성공의 열쇠」,「당신은 결국 이길 것이다」,「성공의 법칙」,「생각하라! 그러면 부자가 되리라」,「끌어당김」,「황금률」
- 로버트 콜리어 저「성취의 법칙」
- 에모토 미사루 저「물은 답을 알고 있다」

- 전광 저「백악관을 기도실로 만든 대통령 링컨」,「성경이 만든 사람」
- 이경혜 저「어느날 내가 죽었습니다」
- 제인 오스틴 저「오만과 편견」
- 프랑수아 플로르 저「꾸뻬 씨의 행복 여행」
- 우동하 저「영재 어린이의 이해와 교육」,「영재의 뇌는 어떻게 학습하는가」
- 제임스 웨브 저「영재교육백서」
- 제리 위코프, 바비라 우넬 저「아이를 변하시키는 비결」
- 오스기니스 저「소명」
- 수잔 플리스 슈츠외 저「내가 얼마나 당신을 사랑하는지 당신은 알지 못합니다」
- 발타자르 그라시안 저「세상을 보는 지혜」,「사랑을 얻는 지혜」
- 엘렌 쟁어 저「마음챙김 학습의 힘」
- 조엘 오스틴 저「잘되는 나」,「긍정의 힘」
- 웨인 다이어 저「행복한 이기주의자」
- 마틴 페리 저「자신감 UP 노트」
- 딘 셔만 저「영적전쟁」
- 이무석 저「자존감」
- 문병호 저「칼빈의 신학」
- 정요석 저「믿음의 힘」
- 데보라 노빌 저「감사의 힘」
- 미쉘 제콥스 저「융 심리학과 개성론」
- 보브린 반델로 저「우리가 꼭 알아야 할 마음의 병 23가지」
- 레오 보만스 저「세상 모든 행복」
- 김새해 저「내가 상상하면 꿈이 이루어진다」

- 캐시런 폰더 저「부의 법칙」
- 댄 폰테프랙트 저「목적의 힘」
- 히로나카 나오유키 저「중독의 모든 것」
- 앨런 프랜시스 저「정신병을 만드는 사람들」
- 민성길 저「최신정신의학」
- LW. 벤란울프 저「어떻게 행복해질 수 있을까」
- 앤서니 크랜트 저「행복은 어디에서 오는가」
- 제니퍼 마이클 헥트 저「행복이란 무엇인가」
- 게이트 저「깨달음의 연금술」
- 윌러드 Q 마거리트 비처 저「명상」
- 맥스웰 몰츠 저「성공의 법칙」
- 앤드류 매튜스 저「지금 행복하라」
- 조영탁, 유소영 저「행복하게 성공하라」
- 강응구 저「나만의 생각질량으로 승부하라」
- 삭티 거웨인 저「간절히 원하면 기적처럼 이루어진다」
- 공병호 저「성공하는 인생경영」
- 레스기블린 저「인간관계의 기술」
- 로랑 우넬 저「가고 싶은 길을 가라」
- 우종인 저「마음력」
- 한만우 저「성공을 부르는 뇌 행복론」
- 김상운 저「마음을 비우면 얻어지는 것들」
- 칼릴 지브란 저「예언자」
- 폴 마이어 저「성공 시크릿」,「아름다운 도전」
- 웰러스 위틀스 저「부자가 되는 생각의 법칙」
- 김태광 저「행복여행」

- 김이율 저「가슴이 시키는 일」
- 진형준 저「상상력 혁명」
- 진 랜드럼 저「위대함에 이르는 8가지 열쇠」
- 노먼 빈센트 필 저「믿는 만큼 이루어진다」
- 바버라 한센 저「그대안의 힘」
- 헨리 토마스 햄블린 저「피곤한 인생에서 벗어나는 13가지 생각의 힘」
- 존 맥스웰 저「꿈이 나에게 묻는 열 가지 질문」
- 지그 지글러 저「포기하지 말라 한 번뿐인 인생이다」
- 웨인 다이어 저「확신의 힘」, 「생각 에너지」
- 에스더, 제리힉스 저「아브라함의 창조 비법」
- 사나야도만, 듀앤 패키 저「돈을 끌어오는 마음의 법칙」
- 브라이언 트레이시 저「백만 불짜리 매력」
- 앤드류 뉴버그 저「믿는다는 것의 과학」
- 로렌스 볼트 저「사람은 누구나 위대해질 수 있다」
- 리사 히메레스 저「두려움을 정복하라」
- 알렉스 로비라 저「내 생애 최고의 명언」
- 오타다케 히로타다 저「오체 불만족」, 「삶은 여전히 아름답다」
- 최용일 저「한 줄의 통찰」
- 팸 그라우트 저「소원을 이루는 마력」
- 혼다 도시노부 저「내 영혼을 뒤흔든 한마디」
- 루이스 L. 헤이 저「행복한 생각」
- 문요한 저「마음 청진기」
- 존 화이트 저「믿음이 이긴다」
- 윤영준 역「마음에 꼭 심어야 할 좋은 씨앗들」

행복에의 모든 것

저 　 자 김기용

저작권자 김기용

1판 1쇄 발행 2020년 7월 20일
1판 2쇄 발행 2020년 8월 10일

발 행 처 하움출판사
발 행 인 문현광
교 　 정 김은성
편 　 집 조다영
주 　 소 전라북도 군산시 축동안3길 20, 2층(수송동)
I S B N 979-11-6440-163-5

홈페이지 http://haum.kr/
이 메 일 haum1000@naver.com

좋은 책을 만들겠습니다.
하움출판사는 독자 여러분의 의견에 항상 귀 기울이고 있습니다.

이 도서의 국립중앙도서관 출판예정도서목록(CIP)은 서지정보유통지원시스템 홈페이지(http://seoji.nl.go.kr)와
국가자료종합목록 구축시스템(http://kolis-net.nl.go.kr)에서 이용하실 수 있습니다. (CIP제어번호 : CIP2020026885)

· 값은 표지에 있습니다.
· 파본은 구입처에서 교환해 드립니다.
· 이 책은 저작권법에 따라 보호받는 저작물이므로 무단전재와 무단복제를 금지하며,
  이 책 내용의 전부 또는 일부를 이용하려면 반드시 저작권자와 하움출판사의 서면동의를 받아야 합니다.